彩图1-1　寿光Ⅰ型日光温室 [...]
（见3页）

压膜线

彩图1-2　运用压膜线压膜
（见5页）

彩图1-3　寿光Ⅱ型日光温室外观
（见6页）

彩图1-4　寿光Ⅲ型日光温室外观
（见7页）

彩图1-5　寿光Ⅳ型日光温室内部结构
（见8页）

彩图1-6　寿光Ⅴ型日光温室内景
（见9页）

彩图1-7　寿光Ⅵ型日光温室外观
（见13页）

彩图1-8　在草帘上加盖浮膜保温
（见13页）

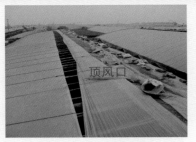

彩图1-9　日光温室顶风口
（见18页）

彩图1-10　通过天窗通风滑轮开关通风口
（见18页）

彩图1-11　日光温室放风口处设置挡风膜
（见18页）

彩图1-12　前屈伸臂式卷帘机
（见19页）

彩图1-13　轨道式卷帘机
（见19页）

彩图1-14　深冬季节温室后墙张挂
反光幕，增加室内光照
（见21页）

彩图1-15　温室前裙膜卷起后覆盖防虫网
（见23页）

彩图1-16　日光温室通风天窗
安装25～40目的防虫网
（见24页）

彩图1-17 日光温室单轨运货吊车
（见24页）

彩图1-18 日光温室阳光灯
（见26页）

彩图1-19 棚膜面上拴一些清尘布条，
布条随风左右摆动自动清除棚膜上的灰尘
（见27页）

彩图2-1 长青王3号
（见28页）

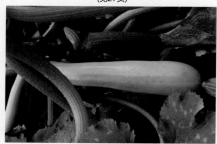

彩图2-2 金榜
（见29页）

彩图2-3 中葫1号
（见30页）

彩图2-4 斯卡万

彩图2-5 金剑

彩图2-6　金珊瑚
(见32页)

彩图2-7　吉美
(见32页)

彩图2-8　早青1号
(见33页)

彩图2-9　黑美丽
(见33页)

彩图2-10　金珠西葫芦
(见34页)

彩图3-1　西葫芦穴盘苗
(见40页)

彩图4-1　尼龙绳吊蔓
(见66页)

彩图4-2　越夏栽培覆盖遮阳网
（见113页）

彩图5-1　西葫芦灰霉病（花）
（见129页）

彩图5-2　西葫芦灰霉病（瓜）
（见129页）

彩图5-3　持续阴天后暴晴要拉放"花帘"
（见134页）

彩图5-4　西葫芦蔓枯病（茎）
（见136页）

彩图5-5　西葫芦蔓枯（叶）
（见136页）

彩图5-6　西葫芦白粉病
（见137页）

彩图5-7　西葫芦绵腐病
(见138页)

彩图5-8　西葫芦菌核病
(见138页)

彩图5-9　西葫芦覆膜栽培
(见138页)

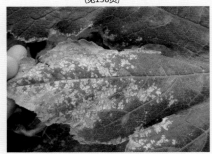

彩图5-10　西葫芦霜霉病（叶正面）
(见141页)

彩图5-11　西葫芦霜霉病（叶反面）
(见141页)

彩图5-12　西葫芦细菌性叶枯病初期
(见141页)

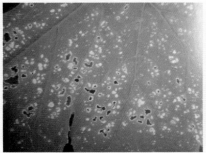

彩图5-13　西葫芦细菌性叶枯病

彩图5-14　西葫芦软腐病（茎）
(见142页)

彩图5-15　西葫芦软腐病（瓜）
（见142页）

彩图5-16　西葫芦病毒病
（见143页）

彩图5-17　西葫芦厥叶病毒
（见143页）

彩图5-18　西葫芦银叶病
（见145页）

彩图5-19　黄板诱杀害虫
（见146页）

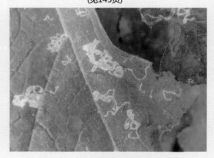

彩图5-20　西葫芦美洲斑潜蝇危害
（见148页）

彩图5-21　西葫芦斜纹叶蛾危害状
（见150页）

彩图6-1　西葫芦缺钾症
（见155页）

彩图6-2　西葫芦缺镁症
(见156页)

彩图6-3　西葫芦缺锌症
(见157页)

彩图6-4　西葫芦花打顶
(见162页)

彩图6-5　西葫芦化瓜
(见164页)

彩图6-6　西葫芦杀菌剂药害
(见169页)

彩图6-7　2,4-D药害
(见171页)

寿光科学种菜经验问答丛书

西葫芦

XIHULU
DAPENG
JISHU
WENDA

大棚 技术问答

胡永军 主编

化学工业出版社
生物·医药出版分社
·北京·

本书由中国蔬菜之乡——山东省寿光市农业一线技术推广人员编著。编著者从生产实际出发，以问答的形式，通俗简明地介绍了寿光菜农在西葫芦保护地栽培中的种植经验与关键技术，常见的疑难问题及解决办法。具体包括温室建造、优良品种选择、育苗技术、栽培管理、病虫害防治等问题。本书实用性强，对提高保护地西葫芦生产水平和经济效益具有指导作用。

本书适合广大农民和基层农业科技人员阅读，也可作为相关院校的参考用书。

图书在版编目（CIP）数据

西葫芦大棚技术问答/胡永军主编．—北京：化学
工业出版社，2010.5
（寿光科学种菜经验问答丛书）
ISBN 978-7-122-08041-7

Ⅰ．西… Ⅱ．胡… Ⅲ．西葫芦-温室栽培-问答
Ⅳ．S626.5-44

中国版本图书馆 CIP 数据核字（2010）第 049559 号

责任编辑：李 丽 邵桂林 史 懿 装帧设计：韩 飞
责任校对：洪雅姝

出版发行：化学工业出版社 生物·医药出版分社
（北京市东城区青年湖南街 13 号 邮政编码 100011）
印 装：大厂聚鑫印刷有限责任公司
850mm×1168mm 1/32 印张 6 彩插 4 字数 152 千字
2010 年 7 月北京第 1 版第 1 次印刷

购书咨询：010-64518888（传真：010-64519686）
售后服务：010-64518899
网 址：http://www.cip.com.cn
凡购买本书，如有缺损质量问题，本社销售中心负责调换。

定 价：16.00 元 版权所有 违者必究

丛书前言

　　山东省寿光市种植蔬菜历史悠久，素有"中国蔬菜之乡"之称。自 1989 年创建第一个冬暖大棚（日光温室）种植蔬菜以来，经过 30 多年的努力，现已发展到常年种植面积 80 万亩（1 亩＝667m²）的规模，蔬菜产业已经成为当地农民增效、增收的支柱产业。

　　寿光市及其周边地区农民在蔬菜生产中摸索出了一套值得推广的成功经验与技术，编著者将其汇总、整理起来，结合菜农在生产实践中经常遇到且急需解决的疑难问题、栽培注意事项等，编写了《寿光科学种菜经验问答丛书》。丛书按蔬菜种类分为《黄瓜大棚技术问答》、《番茄大棚技术问答》、《辣椒大棚技术问答》、《茄子大棚技术问答》、《西葫芦大棚技术问答》、《丝瓜、苦瓜大棚技术问答》、《冬瓜、瓠瓜大棚技术问答》、《芸豆、豇豆大棚技术问答》8 个分册。

　　本丛书语言通俗，把栽培经验、技术与基本理论融会于问答解析中，使农民既知其然，又知其所以然，易懂易学，实用性、操作性强。为了便于读者使用，丛书中所提到的农药尽可能地给出了其通用名称或有效成分。书中所得到的农药、化肥、生长调节剂使用浓度和使用量，会因作物种类和品种、生产期以及产地环境条件的差异而有一定的变化，故仅供参考，实际应用以所购产品使用说明书为准。

　　希望本丛书的出版能够为蔬菜科技工作者、农业院校师生、部队农副业生产人员、广大的蔬菜生产专业户起到有效地参考作用，从而推动蔬菜产业的发展。

　　由于编者水平所限，书中不妥之处在所难免，敬请专家和广大读者批评指正。

编　委

2010 年 5 月

前　言

西葫芦是我国栽培面积较大的蔬菜，经济效益可观。随着设施栽培的发展及交通运输的发达，可做到周年生产、均衡供应，西葫芦含有丰富的维生素、矿物质、碳水化合物及少量的蛋白质，因而深受消费者喜爱。

山东省寿光市日光温室西葫芦栽培起步早，规模大，有许多成熟的技术和经验，可以为各地西葫芦种植者提供一些借鉴和帮助。为此，编者在总结多年来一线工作经验以及寿光市当地和全国其他地区西葫芦生产先进经验的基础上，参考了大量的资料，以日光温室及其配套设施、优良品种、育苗技术、栽培管理、主要病虫害防治技术、生理障碍的识别与防治等为思路，根据生产实际，以问答的形式系统地介绍了西葫芦优质高产栽培技术，特别提供了部分寿光农民秘不外传的拿手技术和独创技术。

本书的编写从西葫芦生产实际出发，突出科学性、实用性和可操作性，文字通俗易懂，以问答形式向广大农民朋友介绍西葫芦在保护地栽培中所遇到的疑难问题及其解决方法。换句话说，本书介绍了寿光市菜农科学种植经验。这些经验中的许多技术措施，与传统已知的专业书中介绍的并不雷同，它们来源并服务于生产实践，合理、实用，对农民朋友发展西葫芦生产必将起到一定的指导、促进和借鉴作用。我们衷心希望读者能通过阅读本书掌握西葫芦栽培的关键技术，从而有效提高经济效益。

本书的编写得到了相关专家的帮助，在此一并表示感谢！由于编写者水平和编写时间所限，书中不当之处在所难免，敬请专家和广大读者批评指正。

编著者

2010 年 5 月

目 录

一、日光温室及其配套设施

二、优良品种

三、育 苗 技 术

四、栽培管理

五、病虫害防治

六、生 理 障 碍

参 考 文 献

一、日光温室及其配套设施

1. 不同地区如何根据寿光经验建造日光温室

各地建造日光温室时，要根据当地经纬度和气候条件，对日光温室的高度、跨度以及墙体厚度等做好调整，适应当地条件。如东北一带的日光温室建造如与山东寿光一样，那么日光温室体的采光性和保温性将大为不足；而南方地区的日光温室建造如与寿光一样，则日光温室的实种面积将受限。因而建造日光温室要根据寿光经验做到因地制宜。

（1）正确调整日光温室棚面形状和宽、高的比例　日光温室棚面形状及面角是影响日光温室日进光量和升温效果的主要因素，在进行日光温室建造时，必须考虑当地情况合理选择设计。在各种日光温室面形状中，以圆弧形采光效果最为理想。

日光温室面角指日光温室透光面与地平面之间的夹角。当太阳光透过日光温室膜进入日光温室时，一部分光能转化为热能被棚架和棚膜吸收（约占10%），部分被棚膜反射掉，其余部分则透过棚膜进入日光温室。棚膜的反射率越小，透过棚膜进入日光温室的太阳光就越多，升温效果也就越好。最理想的效果是，太阳垂直照射到日光温室面，透过的光照强度最大。简单地说，要使采光、升温与种植面积较好地结合起来，日光温室宽与高的比例就要合适。不同地区合适的日光温室高与宽的比例是不同的。经过试验和测算，日光温室宽和高的计算方法可以用下面的公式计算：

宽：高＝ctg（理想日光温室面角）

理想日光温室面角＝56°－冬至正午时的太阳高度角

冬至正午时的太阳高度角 ＝90°－（当地地理纬度－冬至时的赤纬度）

例如：山东寿光地区在北纬 36°～37°，冬至时的赤纬度约为 −23.5°（在数学计算中北半球冬至时的赤纬度取负值），所以寿光地区合理的日光温室宽∶高，按以上公式计算为（2～2.1）∶1。河北中南部、山西、陕西北部、宁夏南部等地纬度与寿光地区相差不大，日光温室宽∶高基本在（2～2.1）∶1。江苏北部、安徽北部、河南、陕西南部等地，纬度较低，多在北纬 34°～36°，冬至时的太阳高度角大，理想日光温室面角就小，日光温室宽∶高也就大一些，为（2.2～2.4）∶1。而在北京、辽宁、内蒙古等地，纬度较高，在北纬 40°地区，日光温室宽∶高也就小一些，为（1.8～1.9）∶1。建日光温室要根据当地的纬度灵活调整。

（2）确定合适的墙体厚度　墙体厚度的确定主要取决于当地的最大冻土层厚度，以最大冻土层厚度加上 0.5m 即可。如山东地区最大冻土层厚度在 0.3～0.5m，墙体厚度 0.8～1m 即可。辽宁、宁夏等地的最大冻土层厚度甚至达到 1m，墙体厚度需适当加厚 0.3～0.6m，应达 1.3～2.0m。江苏北部、安徽北部、河南等地，最大冻土层厚度低于 0.3m，墙体厚度在 0.6～0.8m 即可满足要求。墙体厚度薄了保温性差，厚了浪费土地和建日光温室的资金。

2. 建造日光温室应遵循什么原则

①建造日光温室的地点要水源充足，交通方便，有供电设备，以便管理和产品运输。②地势开阔、平坦，或朝阳缓坡的地方采光好，地温高，灌水方便均匀，适宜建日光温室。③不应在风口上建造日光温室，以减少热量损失和风对日光温室的破坏。④窝风的地方应先打通风道后再建日光温室，否则，由于通风不良，会导致作物病害严重，同时冬季积雪过多对日光温室也有破坏作用。⑤建造日光温室以沙质壤土最好，这样的土质地温高，有利作物根系的生长。如果土质过黏，应加入适量的河沙，并多施有机肥料加以改良。土壤碱性过大，建造日光温室前必须施酸性肥料加以改良，改良后才能建造。⑥低洼内涝的地块必须先挖排水沟后再建日光温室；地下水位太高，容易返浆的地块，必须多垫土，加高地势后才

能建造日光温室。否则地温低，土壤水分过多，不利于作物根系生长。⑦日光温室建造的方位应坐北朝南，东西延长，则日光温室内光照分布均匀。日光温室与日光温室左右之间距离，是日光温室高的2/3。日光温室与日光温室前后之间距离（前温室墙体后沿到后温室前沿的距离），是前温室最高点高度的3倍减去前温室墙体的厚度。两日光温室之间距离过大，浪费土地，过小则影响日光温室光照和通风效果，并且固定日光温室棚膜等作业也不方便。

3. 寿光Ⅰ型日光温室主要参数和建造要点有哪些

（1）结构参数　①棚体总宽8m，后墙高1.8m，山墙3m，墙下体厚1m，墙上体厚0.9m，走道0.8m，种植区宽6.2m。②立柱5排，一排立柱（后立柱）长3.3m，地上高2.8m，至二排立柱（中立柱Ⅰ）距离2m。二排立柱长3.1m，地上高2.6m，至三排立柱（中立柱Ⅱ）距离2m。三排立柱长2.2m，地上高1.8m，至四排立柱（前立柱）距离2m。四排立柱长1.2m，地上高0.8m，至五排立柱距离0.2m。五排立柱（戗柱）长1.2m，地上高0.82m。③采光屋面参考角平均角度26.0°左右，后屋面仰角30°左右。距前窗檐400cm、200cm处和前檐处的切线角度，分别是14°、21.8°和26.6°左右。

（2）剖面结构　见图1-1。

寿光Ⅰ型日光温室内部结构见书前彩图1-1。

（3）建造　取得20cm以下生土建造日光温室墙体。墙下部厚1m，顶部厚90cm，后墙高1.8m，山尖高为3m，前窗高度为0.8m，日光温室外径宽8m。由于墙体下宽上窄，主体牢固，抗风雪能力强。后坡坡度约30°，加大了采光和保温能力。在离后墙70～80cm处，先将3.3m高的水泥立柱按1.8m的间隔埋深沉50cm，上部向北稍倾斜5°，以最佳角度适应后坡的压力。离第一排立柱向南2m处挖深50cm的坑，东西方向按3.6m的间隔埋好高3.1m的立柱。再向南的第三、第四排立柱，南北方向间隔均为

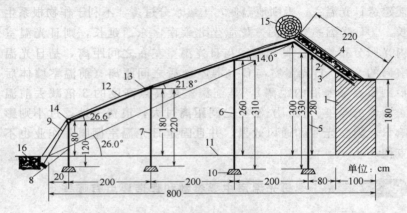

图 1-1　寿光 Ⅰ 型日光温室剖面结构

1—后墙；2—后坡斜棒；3—后坡防水膜和玉米秸；4—后坡草泥；
5—后立柱；6—中立柱Ⅰ；7—中立柱Ⅱ；8—前立柱；9—戗柱；
10—基石；11—水平地面；12—拱杆；13—棚膜；14—横杆；
15—草苫；16—防寒沟

2m，东西方向间隔均为 3.6m，埋深均为 0.5m。第三排立柱高
2.2m、第四排立柱高 1.2m。第五排为戗柱，规格与第四排立柱相
同，埋设时下部露出地面处与第四排立柱相隔 20cm。立柱埋好后，
在第一排每一条立柱上分别搭上一条直径不低于 10cm 的木棒，木
棒的另一端搭在墙上，在离木棒顶部 25cm 处割深 1cm 的斜茬，用
铁丝固定在立柱上。下端应全部与后墙接触，斜度为 45°，斜棒长
度 2.1～2.3m。斜棒固定后，在两山墙外 2～3m 处，挖宽 70cm，
深 1.2m，长 6m 的坠石沟，将用 8 号铁丝捆绑好的不小于 15kg 的
石头块或水泥预制块，依次排于沟底，共用 54 块坠石。拉后铁丝
时，先将一端固定在附石铁丝上，然后用紧线机紧好并固定牢靠。
后坡铁丝拉好后，将大竹竿固定好，再拉前坡铁丝。竹竿上面均匀
布设 17 道铁丝，竹竿下面布设 3 道铁丝。铁丝拉好后，处理后坡。
先铺上一层 3m 宽的农膜，然后将捆好的直径为 20cm 的玉米秸排
上一层，玉米秸上面覆土 30cm。后坡上面再拉一道铁丝用于拴草
苫。前坡铁丝拉好后固定在大竹竿上，然后每间棚绑上 5 道小竹

竿，将粘好的无滴膜覆盖在棚面上，并将其四边扯平拉紧，用压膜线（见书前彩图1-2）或铁丝压住棚膜。

4. 寿光Ⅱ型日光温室主要参数和建造要点有哪些

（1）结构参数　①日光温室总宽 10m，后墙高 2m，山墙高3.5m，墙下体厚 1m，墙上体厚 0.9m，走道 0.8m，种植区宽8.2m。②立柱 6 排，一排立柱（后立柱）长 3.8m，地上高 3.3m，至二排立柱（中立柱Ⅰ）距离 2m。二排立柱长 3.6m，地上高3.1m，至三排立柱（中立柱Ⅱ）距离 2m。三排立柱长 3.1m，地上高 2.6m，至四排立柱（中立柱Ⅲ）距离 2m。四排立柱长 2.2m，地上高 1.8m，至五排立柱距离 2m。五排立柱（前立柱）长 1.2m，地上高 0.8m，至六排立柱（戗柱）距离 0.2m。戗柱长 1.2m，地上长 0.82m。③采光屋面参考角平均角度 26.5°左右，后屋面仰角39°左右。距前窗檐 6m、4m、2m 处和前檐处的切线角度，分别是11.3°、14.7°、21.8°和 26.6°左右。

（2）剖面结构　见图1-2。

（3）建造　墙基部厚 1m，上部厚为 0.9m，后墙高 2m，山顶高 3.5m，山顶距前沿垂直距离为 8.1m，距后墙垂直距离为 0.9m。山墙前端高 0.8m。墙体用加模板夯成；也可用土加麦穰合成硬泥建成。后立柱地上部分高 3.5m、距后墙 0.8m、东西方向距离 2m、穴深 0.5m，向北倾斜 5°。中立柱Ⅰ，地上部高 3.1m，距后立柱2m，东西方向间距 4m。中立柱Ⅱ，地上部分高 2.6m，距中立柱Ⅰ2m，东西方向间距 4m。中立柱Ⅲ，地上部分高 1.8m，距中立柱Ⅱ2m，东西方向间距 4m。前立柱，地上部分高 0.8m，距中立柱Ⅲ2m，东西方向间距 2m。戗柱埋于前立柱以南 20cm 外，上部顶在前立柱的顶部横杆上。坠石 8～10 块，深埋 1.3～1.6m。将后坡木斜棒的上端压在后立柱上，下端埋在后墙里，坡度 45°。斜棒由立柱顶部向南超出 15cm。在后墙上按 0.75m 间距（也可 1.5m间距）摆放一排砖，砖上系好 1.5m 长的 14 号铁丝，然后用和好的麦草泥加高 20cm，把砖压在泥底。铁丝做拴压膜线用。后坡斜

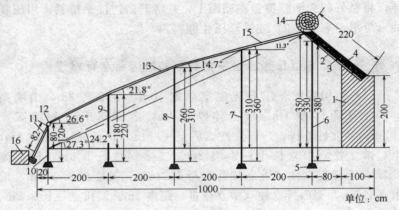

图 1-2　寿光 Ⅱ 型日光温室剖面结构

1—后墙；2—后坡斜棒；3—后坡防水膜和玉米秸；

4—后坡草泥；5—立柱基石；6—后立柱；7—中立

柱 Ⅰ；8—中立柱 Ⅱ；9—中立柱 Ⅲ；10—前立柱；

11—戗柱；12—横杆；13—棚膜；14—草苫；

15—拱杆；16—防寒沟

棒顶端用直径 6.5mm 的钢筋，下部布设 4 条 8 号铁丝。拉紧后用铁钉固定在斜棒上。铺上 3m 宽的薄膜，将捆成直径 20cm 的玉米秸排好，然后盖上 30cm 的土，把铁丝抽出。后坡完成以后，前三排立柱顶端可东西拉上 3 道直径 6.5mm 的钢筋，也可用水泥预制横梁或竹竿作横梁，然后每隔 0.75m 将一根鸭蛋粗竹竿南北向固定在横梁上。再盖上薄膜，压上压膜线。

寿光 Ⅱ 型日光温室外观见书前彩图 1-3。

5. 寿光 Ⅲ 型日光温室主要参数和建造要点有哪些

（1）结构参数　①棚内地面比棚外地面低 50cm，即棚内面下挖 50cm。日光温室总宽 11m，后墙高 2m，山墙顶高 3.5m，墙下体厚 2m，墙上体厚 1m，走道宽 0.8m，种植区宽 8.2m。②立柱 6 排，一排立柱长 3.8m，地上高 3.3m，至二排立柱距离 2m。二排立柱长 3.6m，地上高 3.1m，至三排立柱距离 2m。三排立柱长 3.1m，地上高 2.6m，至四排立柱距离 2m。四排立柱长 2.2m，地上高 1.8m，至四排立柱距离 2m。五排立柱长 1.2m，地上高 0.8m，至六排立柱距离 0.2m。六排立柱（戗柱）长 1.2m，地上长 0.82m。③采光屋面参考角平均角度 24.2°左右，后屋面仰角 56.6°左右。距前窗檐 6m、4m、2m 处和前檐处的切线角度，分别是 11.3°、14.7°、21.8° 和 26.6° 左右。

（2）剖面结构　见图 1-3。

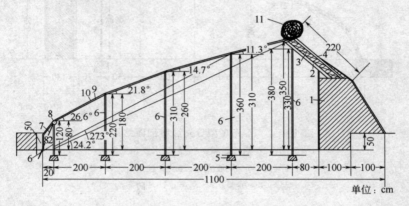

图 1-3　寿光Ⅲ型日光温室剖面结构

1—后墙；2—后坡斜棒；3—后坡防水膜和玉米秸；

4—后柱草泥；5—立柱基石；6—立柱；7—戗柱；

8—横杆；9—拱杆；10—棚膜；11—草苫

（3）建造　其建造技术，可参照寿光Ⅱ型日光温室。

寿光Ⅲ型日光温室外观见书前彩图 1-4。

6. 寿光Ⅳ型日光温室主要参数和建造要点有哪些

（1）结构参数　①日光温室总宽 11.5m，后墙高 2.2m，山墙 3.7m，墙厚 1.3m，走道 0.7m，种植区宽 8.5m。②仅有后立柱，种植区内无立柱。后立柱高 4m。③采光屋面参考角平均角度 26.3°左右，后屋面仰角 45°左右。前窗檐与距前窗檐 2m 处、前窗檐 2m 处与前窗檐 4m 处、前窗檐 4m 处与距前窗檐 6m 处以及前窗檐 6m 处与距前窗檐 8m 处切线角度分别是 45°、21.8°、12.7°和 7.1°。

（2）剖面结构　见图 1-4。

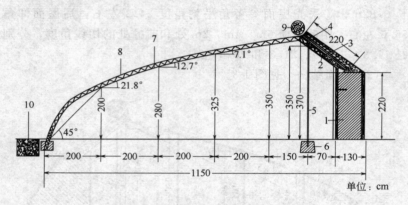

图 1-4　寿光Ⅳ型日光温室剖面结构

1—后墙；2—后坡斜棒；3—后防水膜和玉米秸；

4—后坡草泥；5—后坡立柱；6—立柱基石；7—花

架梁；8—棚膜；9—草苫；10—防寒沟

寿光Ⅳ型日光温室内部结构见书前彩图 1-5。

（3）建造　日光温室内南北向跨度 11.5m，东西长度 60m。日光温室最高点 3.7m。墙厚 1.3m，两面用 12cm 砖砌成，墙内的空心用土填实。后墙高 2.2m。前面镀锌钢管钢筋骨架，上弦 15 号镀锌管，下弦 14 号钢筋，拉花 10 号钢筋。日光温室由 16 道花架梁分成 17 间，花架梁相距 3m。花架梁上端搭接在后墙锁口梁焊接的预埋的角铁上，前端搭接在设置的预埋件上。两花架梁之间均匀布设三道无下弦 15 号镀锌弯成的拱杆上，间距 0.75m，搭接形成和花架梁一致。花架梁、拱杆东西向用 15 号钢管拉接，前棚面均匀拉接四道，后棚面均匀拉接二道，前后棚面构成一个整体。在各拱架构成的后棚面上铺设 5cm 厚的水泥预制板，预制板上铺炉渣40cm 作保温层。

7. 寿光Ⅴ型日光温室主要参数和建造要点有哪些

（1）结构参数　日光温室下挖 1.0m，总宽 14.2m，内部南北跨度 10.2m，后墙外墙高 3.1m，后墙内墙高 4.1m，山墙外墙顶高3.9m，墙下体厚 4m，墙上体厚 1.5m，走道和水渠设在棚内最北端，走道宽 0.55m，水渠宽 0.25m，种植区宽 9.4m。

仅有后立柱，种植区内无立柱。后立柱地上高 4.8m。

采光屋面参考角平均角度 26.3°左右，后屋面仰角 45°左右。前窗与距前窗檐 2.3m 处、距前窗檐 2.3m 处与距前窗檐 4.3m 处、距前窗檐 4.3m 处与距前窗檐 6.3m 处的平均切线角度分别为34.8°、24.2°、19.3°。

（2）剖面结构　见图 1-5。

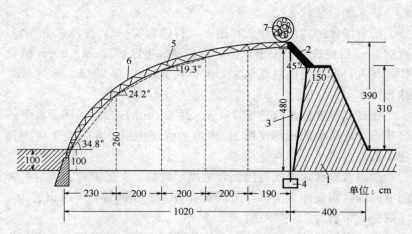

图 1-5　寿光Ⅴ型日光温室剖面结构

1—后墙；2—后坡；3—后立柱；4—立柱基石；
5—拱形钢架；6—棚膜；7—草苫

寿光Ⅴ型日光温室内部结构见书前彩图 1-6。

（3）建造　确定后墙、左侧墙、右侧墙的地基以及尺寸，日光温室南北向跨度 14.2m，东西长度不定，但以 100m 为宜。清理地基，然后利用链轨车将墙体的地基压实，修建后墙体、左侧墙、右

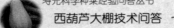

侧墙，后墙体的上顶宽 1.5m，修建后墙体的过程中，预先在后墙体上高 1.5m 处倾斜放置 4 块 3m 长的楼板，该楼板底部开挖高 1.5m、宽 1m 的进出口，后墙体外高 3.1m，内墙高 4.1m，墙底宽 4m，后墙、左侧墙、右侧墙的截面为梯形。

将后墙的上顶部夯实整平，预制厚度为 20cm 的混凝土层，并在混凝土层中预埋扁铁，将后墙体的外墙面铲平、铲直，铲好后再在后墙体的外墙面铺一层 0.06mm 的薄膜，然后在薄膜的外侧用水泥砌 12cm 砖墙，每隔 3m 加一个 24cm 垛，垛需要下挖，用 1：3 的水泥砂浆抹光。

在后墙的内侧修建均匀分布的混凝土柱墩的预埋扁铁上焊接 2.5 寸的钢管立柱，立柱地上面高 4.8m，下埋 50cm。在后墙体的内墙面及左侧墙、右侧墙的内、外墙面砌 24cm 砖墙，灰沙比例 1：3，水泥砂浆抹光。

沿后墙体的内侧修建人行道，人行道宽 55cm，先将素土夯实，再加 3cm 后的砼（混凝土）层，在砼层的上面铺 30cm×30cm 的花砖，在人行道的内侧修建水渠，水渠宽 25cm，深 20cm，水泥砂浆抹光。

在日光温室前檐修建宽 24cm、高 80cm 的砖墙，1：2 水泥砂浆抹光，在砖墙的顶部预制 20cm 厚的混凝土层，在混凝土层内预埋扁铁，每隔 1.5m 一块。

用钢管焊接成包括两层钢管的拱形钢架，上层钢管、下层钢管的中间焊接钢筋作为支撑，上层钢管为 1.2 寸钢管，下层钢管为 1 寸钢管，钢筋为 12 号钢筋。

将拱形钢架的一端焊接在立柱的顶部，另一端焊接在前檐砖墙混凝土层的扁铁上，拱形钢架与拱形钢架之间用 4 根 1 寸钢管固定连接，再用 26♯钢丝拉紧支撑，每 30cm 拉一根，与拱形钢架平行固定竹竿。

在立柱的顶部和后墙体顶部的预埋扁铁之间焊接倾斜的角铁，然后在后墙体顶部的预埋扁铁与立柱之间焊接水平的角铁，倾斜的角铁、水平的角铁、立柱形成三角形支架，再在倾斜的角铁外侧覆盖 10cm 的保温板，在保温板的外侧设置钢丝网，然后预制 5cm 的混凝土层。

8. 寿光Ⅵ型日光温室主要参数和建造要点有哪些

（1）结构参数　日光温室下挖 1.2m，总宽 15.4m，后墙外墙高 3.3m，山墙外墙顶 4.3m，墙下体厚 4m，墙上体厚 1.5m，内部南北跨度 11.4m，走道设在棚内最南端（与其他棚型相反），也可设在棚内北端，走道宽 0.55m，水渠宽 0.25m，种植区宽 10.6m。

立柱 6 排，一排立柱（后墙立柱）长 5.8m，地上高 5.0m，至二排立柱距离 1.0m。二排立柱长 6.0m，地上高 5.2m，至三排立柱距离 2.1m。三排立柱长 5.8m，地上高 5.0m，至四排立柱距离 2.5m。四排立柱长 5.0m，地上高 4.4m，至五排立柱距离 2.8m。五排立柱长 3.8m，地上高 3.2m，至六排立柱距离 3.0m。六排立柱（戗柱）长 1.8m，地上与棚外地面持平，高 1.2m。

采光屋面平均角度 26.8°左右，后屋面仰角 45°。前立柱与五排立柱间、五排立柱与四排立柱间和四排立柱与三排立柱间的平均切线角度，分别是 33.7°、23.2°和 13.5°左右。

（2）剖面结构　见图 1-6。

（3）建造　取 20cm 以下生土建造日光温室墙体。墙下部厚 4m，顶部厚 1.5m，后墙高 3.3m，山尖高为 4.3m，日光温室外径宽 15.4m。由于墙体下宽上窄，主体牢固，抗风雪能力强。后坡坡度约 45°，加大了采光和保温能力。在后墙处，先将 5.8m 长的水泥立柱按 1.8m 的间隔埋深 0.8m，上部向北稍倾斜 5°，以最佳角度适应后坡的压力。距第一排立柱向南 1.0m 处挖深 0.8m 的坑，东西方向按 3.6m 的间隔埋好长 6.0m 的第二排立柱。与再向南的第三、四、五排立柱，南北方向间隔分别为 2.1m、2.5m、2.8m，东西方向间隔均为 3.6m，埋深分别为 0.8m、0.6m、0.6m。第三排立柱长 5.8m，第四排立柱长 5.0m，第五排立柱长 3.8m。第六

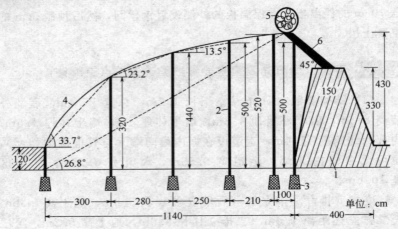

图 1-6 寿光 VI 型日光温室剖面结构
1—后墙；2—立柱；3—立柱基石；4—棚膜；
5—草苫；6—后坡

排钗柱长 1.8m，距第五排立柱 3.0m。立柱埋好后，在第一排每一条立柱上分别搭上一条直径不小于 10cm 的木棒，木棒的另一端搭在墙上，在离木棒顶部 45cm 处割深 1cm 的斜茬，用铁丝固定在立柱上。下端应全部与后墙接触，斜度为 45°，斜棒长度为 1.75m 左右。斜棒固定后，在两山墙外 2～3m 处，挖宽 70cm、深 1.2m、长 10m 的坠石沟，将用 8 号铁丝捆绑好的不低于 15kg 的石头块或水泥预制块，依次排于沟底，共用 90 块坠石。拉后坡铁丝时，先将一端固定在附石铁丝上，然后用紧线机紧好并固定牢靠。后坡铁丝拉好后，将大竹竿（拱形架）固定好，再拉前坡铁丝。竹竿上面均匀布设 28 道铁丝，竹竿下面布设 5 道铁丝。铁丝拉好后，外埋于后坡。先铺上一层 3m 宽的农膜，然后将捆好的直径为 20cm 的玉米秸捆排上一层，玉米秸上面覆土 30cm。后斜坡也可覆盖 10cm 的保温板。后坡上面再拉一道铁丝用于拴草苫。前坡铁丝拉好后固定在大竹竿上，然后每间棚绑上 5 道小竹竿，将粘好的无滴膜覆盖在棚面上，并将其四边扯平拉紧，用压膜线或铁丝压住棚膜。注意：斜棒可用钢筋水泥柱代替木棒，拱形架可用镀锌钢管（外径

5cm 左右）代替大竹竿。

寿光Ⅵ型日光温室外观见书前彩图 1-7。

9. 日光温室保温覆盖形式有哪几种

（1）塑料薄膜（浮膜）＋草苫＋日光温室薄膜　该形式简称"两膜一苫"覆盖形式，在山东寿光统称"日光温室浮膜保温技术"。浮膜覆盖是日光温室深冬生产蔬菜时，傍晚放草苫后在草苫上面盖上一层薄膜，周围用装有少量土的编织袋压紧，这层浮膜一般用聚乙烯薄膜（见书前彩图 1-8），幅宽相当于草苫的长度，浮膜的长度相当于日光温室的长度，厚度 0.07～0.1mm。

该覆盖形式的优点是：保温效果好，深冬夜间棚室内温度盖浮膜的比不盖浮膜的高出 2～3℃；草苫得到保护，盖浮膜的日光温室比不盖的草苫能延长使用 1～2 年，减轻劳动强度。此项技术在寿光科技人员的努力下，得到了很好的推广，目前寿光市有 90% 的日光温室用上了这项技术。过去在冬季夜晚，如果遇到雨雪天气，都要冒雨、冒雪到日光温室上把草苫拉起，防止雨水打湿了草苫或雪无法清除，如果盖上浮膜后再遇到雨雪天，可放心地在家休息，高枕无忧。

（2）塑料薄膜（浮膜）＋草苫＋日光温室薄膜＋保温幕　该覆盖形式是在"两膜一苫"覆盖形式的基础上，在日光温室内再增加一层活动的保温覆盖幕帘，可较单一的"两膜一苫"覆盖形式提高温度 3～5℃。这种保温覆盖形式主要用于深冬季节，特别是出现连续阴雪天气时，其他季节一般不用。在山东寿光地区该覆盖形式统称"棚中棚"。"棚中棚"具体建造方法：在棚内吊蔓钢丝的上部再覆上一层薄膜，薄膜覆上后用夹子将其固定；在日光温室前端距棚膜 50cm 处，顺着日光温室棚膜的走向设膜挡住；在日光温室后端、种植作物北边，上下扯一层薄膜，其高度与上部膜一致，该膜不固定，以便于通风排湿。如此操作，形成"棚中棚"。

10. 常用的棚膜有哪些主要特点

目前我国生产的棚膜主要有以下几种。

(1) PE普通棚膜　这种棚膜透光性好，无增塑剂污染，尘埃附着轻，透光率下降缓慢，耐低温（脆化温度为－70℃）；密度小（0.92kg/m³），相当于PVC棚膜的76%，同等重量的PE膜覆盖面积比PVC膜增加24%；红外线透过率高达87%～90%，夜间保温性能好，且价格低。缺点是透湿性差，雾滴重；不耐高温日晒，弹性差，老化快，连续使用时间通常为4～6个月。日光温室上使用基本上每年都需要更新。

(2) PE长寿（防老化）棚膜　在PE膜生产原料中，按比例添加紫外线吸收剂、抗氧化剂等，以克服PE普通棚膜不耐高温日晒、易老化的缺点。目前我国生产的PE长寿膜厚度一般为0.12mm，宽度规格有1.0m、2.0m、3.0m、3.5m等，可连续使用2年以上。其他性能特点与PE普通膜相似。PE长寿棚膜是我国北方高寒地区扣棚越冬覆盖较理想的棚膜，使用时应注意减少膜面积尘，以保持较好的透光性。

(3) PE复合多功能膜　在PE普通棚膜中加入多种特异功能的助剂，使棚膜具有多种功能。如北京塑料研究所生产的多功能膜，集长寿、全光、防病、耐寒、保温为一体，在生产中使用反应效果良好，同样条件下，夜间保温性比普通PE膜提高1～2℃，每亩棚室使用量比普通棚膜减少30%～50%。复合多功能膜中如果再添加无滴功能，效果将更为全面突出。

(4) PVC普通棚膜　透光性能好，但易沾吸尘埃，且不容易清洗，污染后透光性严重下降。红外线透过率比PE膜低（约低10%），耐高温日晒，弹性好，但延伸率低。透湿性较强，雾滴较轻；密度大，同等重量的覆盖面积比PE膜小20%～25%。PVC膜适于作夜间保温性要求高的地区和不耐湿作物设施栽培的覆盖物。

(5) PVC双防膜（无滴膜）　PVC普通棚膜原料配方中按一定配比添加增塑剂、耐候剂和防雾剂，使棚膜的表面张力与水相同或相近，薄膜下面的凝聚水珠在膜面可形成一薄层水膜，沿膜面流入棚室底部土壤，不至于聚集成露滴久留或滴落。由于无滴膜的使用，可降低棚内的空气相对湿度；露珠经常下落的减少可减轻某些病虫害的发生；更值得说明的是，由于薄膜内表面没有密集的雾滴和水珠，避免了露珠对阳光的反射和吸收，增强了棚室光照，透光率比普通膜高 30％左右。晴天升温快，每天低温、高温、弱光的时间大为减少，对设施中作物的生长发育极为有利。透光率衰减速度快，经高强光季节后，透光率一般会下降到 50％以下，甚至只有 30％左右，旧膜耐热性差，易松弛，不易压紧。同时，PVC 无滴棚膜与其他棚膜相比，密度大，价格高。

（6）EVA 多功能复合膜　针对 PE 多功能膜雾度大、流滴性差、流滴持效时间短等问题研制开发的高透明、高效能薄膜。其核心是用含醋酸乙烯的共聚树脂，代替部分高压聚乙烯，用有机保温剂代替无机保温剂，从而使中间层和内层的树脂具有一定的极性分子，成为防雾滴剂的良好载体，流滴性能大大改善，雾度小，透明度高，在日光温室上应用效果最好。

11. 日光温室怎样覆盖薄膜

（1）覆膜准备　①人员准备。以东西长 100m、跨度 9.5m 的日光温室为例，至少需要 20 人参与。②薄膜准备。日光温室薄膜共分两幅，一幅屋面棚膜，另一幅为放风棚膜。前者建议选购透光率高、无滴消雾性强、寿命长的 EVA 或 PO 等薄膜，以长度为 98m 左右、宽度为 10.5m 左右为宜，并且棚膜上端一边粘上一道 2cm 的"裤"，裤里穿上 22 号钢丝，以备上棚膜后，通过东西拉紧钢丝，固定天窗通风口的宽度防止棚膜松动。后者以选购普通棚膜为宜，长度与前者相同，宽度约 3m，在一个边都粘合上一道 2cm 宽的"裤"，穿上 22 号钢丝，作为盖敞天窗通风口用。③工具准备。钳子、紧线机、竹竿、铁丝、钢丝、压膜绳等若干。

（2）覆盖屋面棚膜　宜选择晴天、无风的下午进行，覆盖屋面棚膜可分四大步骤。第一步：拉膜上棚。如：从日光温室东边，需

20 人，每隔 5m，依次抬起棚膜，沿着日光温室前面，将棚膜一端抬到日光温室西边。而后，再有其中的 10 人拉起（粘有"裤"的）棚膜一边，从日光温室底部上去，沿着拱杆向上走，将薄膜拉上棚面，剩下的 10 人在原地抱着棚膜，帮助另外 10 人拉膜。第二步：固定膜上端。方法：把钢丝这一端固定在一边棚墙处的地锚上，钢丝另一端用紧线机固定后固定在另一边棚墙处的地锚上。最后用铁丝，把棚膜上端捆绑在竹竿上，每隔一竹竿，捆绑 1 次。注意捆绑后的铁丝头要往下，避免扎破放风棚膜。第三步：固定膜两端。先用该处棚膜边沿将长约 10m 的竹竿包好，而后，10 人拿起竹竿往下拽，待将其拽紧后，便可用铁丝将其固定在地锚上，约 50cm 固定一处。为了加强牢固性，建议铁丝在钢丝上呈"S"形缠绕。按照同样的方法，再将棚东边的棚膜端固定。第四步：埋压膜前端。在日光温室前沿处，需 5 人从棚东边，用竹竿卷上棚膜前端，下拽拉紧棚膜后，另 5 人用土埋压棚膜，并踩实。

（3）覆盖放风棚膜　上完屋面棚膜，随即上天窗通风口敞盖膜，将其有裤鼻的一边设在南边，（即天窗通风口南边），先把穿在裤鼻里的 22 号钢丝联同薄膜一块轻轻地伸展开，当此膜压在整体膜上方靠南 20cm 处（即盖过天窗通风口），拉紧固定在两山地锚上。后边盖过棚脊并向后盖过后坡将其拉紧，用泥把盖在后坡及棚脊上的一边压住，并泥严，以防止透风。

（4）上压膜绳　按照覆盖屋面棚膜的方法，将放风棚膜覆盖后，需上压膜绳，以加强棚膜的牢固性。压膜绳上端系在棚顶部的地锚上，下端系在棚前沿的地锚上，可每隔 2m 加一处压膜绳。重点是拉紧、固牢。

12. 草苫必须符合什么样的要求？覆盖形式有哪几种

（1）对草苫的要求　①草苫要厚。一般成捆的草苫平均厚度应不小于 4cm。②草苫要新。新草苫的质地疏松，保温性能比较好，陈旧草苫质地硬实，保温效果差，不宜选用。另外，要选用新草打制的草苫，不要选用陈旧草或发霉草打制草苫。③草苫要干燥。

干燥的草苫质地疏松，保温性好，便于保存，而且重量轻，也容易卷放。④草苫的密度要大。密度大的草苫保温性能好，最好用人工打制的草苫，不要用机器打制的草苫，机器打制的草苫多比较疏松，保温性差，也容易损坏。⑤草苫的经绳要密。经绳密的草苫不容易脱把、掉草，草把间也不容易开裂，草苫的使用寿命长，保温性能也比较好。一般幅宽1.2m的草苫，经绳道数应不少于8道。

（2）草苫的覆盖形式　日光温室草苫主要分"品"字形法、"川"字形法和混合法3种方法。

"品"字形法。该法上的草苫易于卷放，操作灵活，但防风能力差，草苫剪叠压不严密，保温效果一般，适于风害较轻、冬季不甚严寒的地区。

"川"字形法。该法是顺着风向叠放草苫，防风效果好，草苫间叠压严实，保温效果也比较好，适于多风地区以及冬季比较寒冷的地区。另外，该形式的草苫排列整齐，也适合机械卷放草苫。斜"川"字形法的主要缺点是草苫卷放不方便，只能从一边开始卷放，人工操作时，需要时间较长，也容易造成日光温室内部环境差异过大。

混合法。该法是将草苫分成若干组，一般每10个左右草苫为一组，组内采取斜压法，组间一草苫采取平压法。该法较好的综合了"品"字形法和"川"字形法的优点，在冬季多风地区应用比较广泛。

冬季我国北方大部分地区多风、风大，容易刮跑草苫，因此从防风角度讲，应当选择防风效果比较好的"川"字形法和混合法。具体上苫方法还应根据草苫的卷放方法进行选择。

一般用机械卷放草苫，应当选择"川"字形法上草苫，增强草苫的抗风能力，并有利于保持较好的卷苫质量。如果人工卷放草苫，为提高草苫卷放率，缩短卷放草苫的时间，适宜采用混合法。

为增强草苫的防风保温能力，草苫间的压缝宽不应小于20cm。

13. 如何设置顶风口？顶风口处设挡风膜有什么样的好处

（1）顶风口的设置　见书前彩图 1-9。日光温室前屋面的上面留出一条长宽 50～80cm 的通风带，通风带用一幅宽 2～3m 的窄膜单独覆盖。窄幅膜的下边要折叠起一条缝，缝边粘住，缝内包一根细钢丝，上膜后将钢丝拉直。包入钢丝的主要作用，一是放风口合盖后，上下两幅膜能够贴紧，提高保温效果；二是开启通风口时，上下拉动钢丝，不损伤薄膜；三是上下拉动放风口时，用钢丝带动整幅薄膜，通风口开启的质量好，功效也高。

（2）通风滑轮的应用　原来的日光温室覆盖的棚膜为一个整体，通风要一天几次爬到棚顶上去，既增加了劳动强度，又不安全；而通风滑轮的应用是一个日光温室上覆盖大（覆盖温室的宽棚膜，即屋面棚膜）、小（覆盖顶风口的窄幅膜，即放风膜）2 块棚膜，通过滑轮和绳索进行调节通风口的大小（见书前彩图 1-10），既节约时间，又安全省事。

安装方法　如图 1-7 所示，将定滑轮 A 和 B 固定窄幅膜下的棚架下方（在膜下面），定滑轮 C 固定在宽幅膜下的棚架上（在膜上面），为保护棚膜，可把定滑轮 C 固定在压膜线上，把放风绳、闭风绳的一端均拴在窄幅膜下边的细钢丝上，最后将通风绳绕过定滑轮 A、闭风绳依次绕定滑轮 B 和定滑轮 C 即可。放风时，拉动通风绳；闭风时，拉动闭风绳。平常为了预防放风口扩大或缩小，可把两绳拉紧系在棚内的立柱或钢丝上。

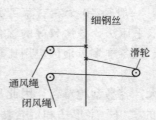

图 1-7　通风滑轮安装示意

（3）顶风口处设挡风膜　在冬季，尤其是深冬期，在日光温室放风口处设置挡风膜（见图 1-8、书前彩图 1-11）是非常必要的。好处：一是可以缓冲棚外冷风直接从风口处侵入，避免冷风扑苗；二是因放风口处的棚膜多不是无滴膜，流滴较多，设置挡风膜可以防止流滴滴落在下面的西葫芦叶片上。

在夏季，挡风膜可阻止干热风直接吹在西葫芦叶片上，减轻病毒病的发生。

挡风膜设置简便易行，就是在日光温室风口下面设置一块膜，长度和棚长相等，宽为2m，拉紧扯

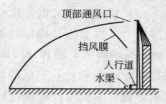

图1-8 挡风膜的设置

平，固定在日光温室的立柱和竹竿上，固定时要把挡风膜调整为北低南高的斜面，以便使挡风膜接到的露水顺流到日光温室北墙根的水渠内。

14. 日光温室如何安装使用卷帘机

（1）安装卷帘机的好处 卷放草苫是日光温室生产中经常而又较繁重的一项工作，耗费工时较多，设置卷帘机可达到事半功倍之效果。传统的日光温室冬季覆盖物为草苫。这些覆盖物的起放工作量大、劳动环境差。实践证明：使用电动卷帘机，不仅大大延长了光照时间，增加了光合作用，更重要的是节省劳动时间，减轻了劳动强度。据调查，日光温室在深冬生产过程中，每亩日光温室人工控帘约需1.5h，而卷帘机只需8min左右，太阳落山前，人工放帘需用约1h，由此看来，每天若用卷帘机起放草苫，比人工节约近2h的时间。同时延长了室内宝贵的光照时间，增加了光合作用时间。另外使用电动卷帘机对草苫保护性好，延长了草苫的使用寿命，既降低生产成本，同时因其整体起放，其抗风能力也大大增强。目前，寿光市80％的日光温室用上了卷帘机。

（2）日光温室卷帘机类型 目前使用的卷帘机有两大类型：一种是前屈伸臂式（见书前彩图1-12），包括主机、支撑杆、卷杆三大部分，支撑杆由立杆和横杆构成，立杆安装在日光温室前方地桩上，横杆前端安装主机，主机两侧安装卷杆，卷杆随棚体长短而定；另一种是轨道式（见书前彩图1-13），包括主机、三相电动机、轨道大架、吊轮支撑装置、卷杆等构成。主机两侧安装卷杆，卷杆随棚体长短而定。

（3）屈臂式卷帘机安装步骤　①预先焊接各连接活动结、法兰盘到管上；根据棚长确定卷杆强度（一般 60m 以下的温室用直径60mm 高频焊管、壁厚 3.5mm；60m 以上的温室，除两端各 30m用直径 60mm 管外，主机两侧用直径 75mm、壁厚 3.75mm 以上的高频焊管）和长度；焊接卷杆上的间距 0.5m 一根的高约 3cm 的圆钢，立杆与支撑杆的长度和强度；在机头与立杆支点在同一水平的前提下，支撑杆长度比立杆短 20～30cm；长度超过 60m 的日光温室一般支撑杆需用双管。见图 1-9。②将棚上草苫从中间向两边依次放下，平铺或一压二铺，不能交搭铺草苫，下边对齐，在上层每块草苫下铺一条无松紧的绳子，并将绳子在棚檐头上约 20cm 处从草苫底下穿到上面自然下垂到卷杆处，不要绑在杆上。③在棚前约正中两根棚之间，距棚 1.5～2m 处做立杆支点，用直径 60mm 长约 80cm 焊管与立杆"T"形焊接作为底座立在地平面，并在底座南侧砸两根圆钢以防往南蹾走。④横杆铺好并连接，连接支撑杆与主机。⑤以活结和销轴连接，支撑杆与立杆并立起来。⑥从中间向两边连接卷杆并将卷杆放在草苫上。⑦将草苫绑到卷杆上（只绑底层的草苫），上层的草苫自然下垂到卷杆处。⑧连接倒顺开关及电源。⑨试机，在卷的慢处垫些旧草苫以调节卷速，直至卷出一条直线。

（4）轨道式卷帘机安装步骤　在安装前两天先将地脚预埋件用混凝土埋于地下，位置在温室总长的中部并且距温室棚面前方 2～3m 的地方。并在正对地脚预埋件温室后墙上固定预埋件。将轨道大架的前端固定在地脚预埋件上，后端固定在温室后墙预埋件上。轨道高出棚面至少 70cm，一般为 1～1.5m。然后将机头安装在三角形轨道上，并按要求安装机头、电器及连接卷轴。如图 1-10 所示。草苫的铺放和试机等同屈臂式卷帘机。

（5）操作方法　由下往上卷帘时，将开关拨到"顺"的位置，卷帘到预定位置时，将开关拨回"关"的位置。由上往下放帘时，将开关拨到"倒"的位置，放帘到预定位置时，将开关拨回"关"的位置。如遇停电，可将手摇柄插入手摇柄插孔，人工摇动。顺时

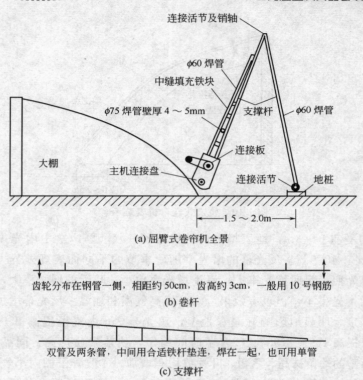

齿轮分布在钢管一侧，相距约 50cm，齿高约 3cm，一般用 10 号钢筋

(b) 卷杆

双管及两条管，中间用合适铁杆垫连，焊在一起，也可用单管

(c) 支撑杆

图 1-9　屈臂式卷帘机安装示意

支撑杆与立杆的长度计算：1. 立杆和撑杆长度的总和，等于棚内
实种宽度加 5m；2. 立杆要比撑杆长 20～30cm

针摇动向上卷帘，逆时针摇动则向下放帘。

15. 日光温室如何科学张挂反光幕

在日光温室栽培畦北侧或靠后墙部位张挂反光幕（见书前彩图
1-14），有较好的增温补光作用，是日光温室冬季生产或育苗所必
需的辅助设施。

（1）应用效果　①日光温室内张挂反光幕可明显增加棚室内的
光照强度，尤以冬季增光率更高。从进行反光幕张挂的研究表明，

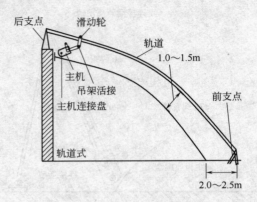

图 1-10　轨道式卷帘机安装示意

反光幕前 0～3m，地表增光率为 9.1％～44.5％，空中增光率为 9.2％～40.0％。反光幕的增光率随着季节的不同而表现差异，在冬季光照不足时增光率大，春季增光率较小；晴天的增光率大，阴天的增光率小，但也有效果。②可提高气温和地温。反光幕增加光照强度，明显地影响气温和地温，反光幕 2m 内气温提高 3.5℃，地温提高 1.9～2.9℃。③育苗时间缩短，秧苗素质提高，同品种、同苗龄的幼苗株高、茎粗、叶片数均有增加。④改善了棚内小气候，植株的抗病能力增强，减少农药使用和污染。⑤张挂反光幕日光温室的西葫芦产量、产值明显增加，尤其是冬季和早春增效更明显。

（2）应用方法　主要有单幅垂直悬挂法、单幅纵向粘接垂直悬挂法、横幅粘接垂直悬挂法和后墙板条固定法 4 种张挂方法。生产上多随日光温室走向，面朝南，东西延长，垂直悬挂。张挂时间一般在 11 月末到翌年的 3 月，最多延至 4 月中旬。张挂步骤如下（以横幅粘接垂直悬挂法为例）。使用反光幕应按日光温室内的长度，用透明胶带将 50cm 幅宽的 3 幅聚酯镀铝膜粘接为一体。在日光温室中柱上由东向西拉铁丝固定，将幕布上方折回，包住铁丝，然后用大头针或透明胶布固定，将幕布挂在铁丝横线上，自然下垂，再将幕布下方折回 3～9cm，固定在衬绳上，将绳的东西两端各绑一根竹棍固定在地表，可随太阳照射角度水平北移，使其幕布前倾 75°～85°。也可把 50cm 幅宽的聚酯镀铝膜，按中柱高度剪裁，一幅幅紧密排列并固定在铁丝横线上。150cm 幅宽的聚酯镀铝膜可直接张挂。

（3）注意事项　定植初期，靠近反光幕处要注意灌水，水分要充足，以免光强温高造成灼苗。使用的有效时间为 11 月至翌春 4 月。对无后坡日光温室，需要将反光幕挂在北墙上，要把镀铝膜的正面朝阳，否则膜面离墙太近，因潮湿造成铝膜脱落。每年用后，最好经过晾晒再放于通风干燥处保管，以备再用。

反光幕必须在保温达到要求的日光温室才能应用。如果保温不好，光靠反光幕来提高棚室内的气温和地温，白天虽然有效，但夜间也难免受到低温的危害。因为反光幕的作用主要是提高棚室后部的光照强度和昼温，扩大后部昼夜温差，从而把后部的增产潜力挖掘出来。

16. 如何正确使用安装防虫网

（1）防虫网的作用　①防虫。西葫芦覆盖防虫网（见书前彩图 1-15）后，基本上可免除菜青虫、小菜蛾、甘蓝夜蛾、斜纹夜蛾、黄曲跳甲、猿叶虫、蚜虫等多种害虫的为害。据试验，防虫网对菜青虫、小菜蛾、美洲斑潜蝇防效为 95%，对蚜虫防效为 90%。②防病。病毒病是西葫芦上的灾难性病害，主要是由昆虫特别是蚜虫传病。由于防虫网切断了害虫这一主要传毒途径，因此，大大减轻西葫芦病毒的侵染，防效为 80% 左右。

（2）网目选择　购买防虫网时应注意网目（孔径）大小。西葫芦生产上以 25～40 目为宜，幅宽 1～1.8m。白色或银灰色的防虫网效果较好。防虫网的主要作用是防虫，其效果与防虫网的目数有关，目数即在 25.4mm^2 的范围内有经纱和纬纱的根数，目数越多，防虫的效果越好，但目数过多会影响通风效果。防虫网的目数是关系到防虫性能的重要指标，栽培时应根据防止虫害的种类进行选取，一般西葫芦生产中多采用 25～40 目的防虫网，使用防虫网一定要注意密封，否则难以起到防虫的效果。

（3）覆盖形式　日光温室前部和通风天窗最好安装 25～40 目

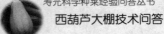

的防虫网（因夏季虫多，见书前彩图 1-16），这样，既利于通风，又能防虫。见图 1-11。为提高防虫效果必须注意以下两点：一是全生长期覆盖。防虫网遮光较少，无需日盖夜揭或前盖后揭，应全程覆盖，不给害虫有入侵机会，才能收到满意的防虫效果。二是土壤消毒。在前作收获后，及时将前茬残留物和杂草搬出田间，集中烧毁。全田喷洒农药灭菌杀虫。

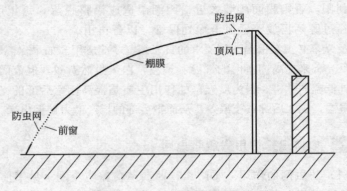

图 1-11　日光温室防虫网覆盖方式

17. 日光温室中如何安装和使用运货吊车

　　一个日光温室要运出几万斤西葫芦，单靠人工向外提是一个很大的工作量，而有一个运货的滑轮吊车，即使一个力气平常的人，也可以承担这些工作。

　　（1）工作原理　如图 1-12、书前彩图 1-17 所示，轨道运输车是在温室后部的人行道上沿滑轮轨道运行，运载重物，通过推或拉达到运输重物的目的。

　　（2）使用材料　滑轮直径 6cm，必须用钢制作。经过试验，使用铸铁或塑料制作的滑轮，承重小，使用寿命短。

　　滑轮与框架的连接件使用钢筋和钢管，钢筋直径 1cm，长 20～30cm。钢管内径 25～30mm，长 100cm，钢管与框架、钢管与滑轮转轴之间用钢筋电焊连接。

运输车的框架可以是内径 15～20mm 的钢管，也可以是 4cm× 4cm 的角钢。四边框用电焊连接。框架中间再焊接 2 根钢管或角钢。也可不用框架，将连接滑轮两钢管均缩短至 50cm，并两钢管下端焊接一横向钢管，在横向钢中下部焊接直径 1cm 的钢筋挂钩。

轨道可设置单轨和双轨两种，单轨道 24 号钢丝、双轨道 20 号钢丝。

轨道支撑杆由钢丝和窄钢板组成，钢丝型号为 20 号，窄钢板厚度为 0.5cm，宽 3～4cm，长 40cm 左右，加工成"Ｊ"形。

（3）轨道安装 轨道需要吊在温室内后部人行道处的空中，与温室后墙的水平距离为 35cm，与地面的距离为 2m。钢丝穿过温室两山墙，两端固定在附石（地锚）铁丝上，然后用紧线机紧好并固定牢靠。每间温室设置一轨道支撑杆，支撑杆由钢丝和"Ｊ"钢板两部分组成，"Ｊ"钢板较长端固定在钢丝上，另一端根焊接在轨道下端，且"Ｊ"钢板两边要与轨道垂直，使滑轮正好从"Ｊ"中间通过。钢丝的另一端固定在温室后坡支架上。将滑轮和框架安装在轨道上即可使用。

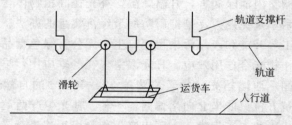

图 1-12　日光温室运货吊车安装示意

（4）使用年限 正常情况下，日光温室轨道运输车可使用 10～20 年。

18. 日光温室中如何安装和使用阳光灯

因冬季光照弱、时间短，9000～20000 lx 光照时数仅有 6～7h，而西葫芦要求 10h 以上，才能达到最佳产量状态，所以，光照不平衡已成为当今制约日光温室冬春茬西葫芦高产优质的主要因素。为了解决日光温室增产问题，寿光市引进了阳光灯技术（见书前彩图1-18），解决了冬季日光温室因光照带来的弱秧低产问题。

（1）增产原理 ①促时西葫芦长根和花芽分化的增产作用。冬季西葫芦常见不良症状是龟缩头秧、徒长、茎细节长花弱、化瓜、畸形瓜、小叶、叶凋等，均系温度低和光照弱引起的病症。靠太阳光自然调节，少则十天半月，多则1～2个月，才能缓解，严重影响产量和效益。在日光温室内装备阳光灯，其中的红光、橙光促进扎深根，蓝光、紫光促进花芽分化和生长，作物无生理障碍，增产幅度可达1～3倍，加之弱光期因产量低引起的价格上涨，又可增值1～2倍。西葫芦又有深根长果实、浅根长叶蔓的习性，补光长深根还可达到控秧促根、控蔓促果的效果。②提高西葫芦秧的抗病增产优质作用。高产栽培十要素的核心是防病。种、气、土是病菌的载体；水、肥是病菌的养料；温、密是环境，唯有光是抑菌灭菌，增强植物抗逆性的生态因素。日光温室内温度提高2℃，湿度下降5％左右；光照强度增加10％，病菌特别是真菌可减少87％，所以冬季棚室内消除病害，升温降湿，补光提高植物体含糖量，增强耐寒、耐旱及免疫力，是抑菌防病最经济实惠的办法。还能减少用药、用工等开支和产品污染程序，生产无公害绿色食品。③延长日光温室作物光合作用效应。日光温室多在冬季应用，早上光适温低，下午棚室西墙挡光，每天浪费掉30～60min的自然适光，日光温室建筑方位只能坐北向南偏西5°～9°。补光生产西葫芦，日光温室可建成坐西向东偏南，太阳出来，作物可很快进行光合作用适温和适光环境。下午在15～20℃时，打开阳光灯补光1～3h，每天能将5～7h适宜光合作用环境延长1～3h，增产幅度提高20％以上。

（2）安装 ①阳光灯配套件为220V、36W灯管，配相应倍率的镇流器灯架，每天在无光时可照射17m² 面积，弱光时可照射30～60m²。因太阳光受云层影响，时弱时强，西葫芦需光强度为10000～42000lx，苗期和生育期有别。安装时，每灯都设开关，以便根据生物生长需求和当时光强度进行调节。②用220V、50Hz电源供电，电源线与灯总功率匹配。电源线用铜线，直径不少于1.5mm，接头用防水胶布封严。

（3）应用方法　一是育苗期，早上7～9时，下午16～18时，与太阳一并形成9～11h日照，培育壮苗；二是连阴雨天，全天照射，可避免根萎秧衰；三是结果期，早上或下午室温15℃以上，但光照强度在9000～20000 lx以下时，便可开灯补光。

19. 如何设置日光温室棚膜擦拭"飘带"

棚膜上的水滴、碎草、尘土等杂物，会使透光率下降30%左右。新薄膜在使用过程中，随着使用时间的延长，棚内光照会逐渐减弱。因此，要经常清扫，保持棚膜洁净，以增加棚膜的透明度。寿光市的菜农在棚膜上设"飘带"擦拭棚膜的方法简便易行（见书前彩图1-19），能自动擦净棚膜，很有推广价值。

飘带设置方法：在新上棚膜的日光温室上每隔1.2m设置一条宽6～10cm，比棚膜宽度长0.5～1m的布条，两头分别系在温室上部放风口和棚前帘的压膜线上，利用风力使布条摆动除尘，这样布条不会对棚膜造成划伤。

但要注意，布条中间摆幅最大，除尘率可达80%以上，两头摆幅最小，除尘率不足50%，所以菜农还要及时利用抹布将温室南北两端棚膜上的尘土擦去。

二、优 良 品 种

20. 如何识别并使用主栽品种长青王 3 号

见书前彩图 2-1。

(1) 品种来源　山西省农业科学院棉花所西葫芦育种组最新培育的西葫芦新品种。

(2) 特征特性　长势强壮，植株矮生，节间极短，叶片缺裂深，上覆白色斑点，是春季提早上市的最佳品种。一般第六至第七节开始着生第一雌花，属于早熟品种，播后 42 天即可收获 250g 的嫩瓜。嫩瓜为长棒形，浅花皮上有细密白色斑点，光泽度极佳，耐老性很好，粗细均匀，商品率高。适宜采收长度 22～24cm，横径 5.5～6.5cm。雌花多，结瓜性能好，膨瓜速度快，几乎每个瓜胎都可以长成瓜。抗病抗逆性强，高抗病毒病，耐低温能力强。

(3) 适作茬口　越冬茬和冬春茬栽培。

21. 如何识别并使用主栽品种纤手

(1) 品种来源　法国太子种子公司。

(2) 特征特性　早熟一代杂交种，株形紧凑，结瓜性好，瓜色光泽淡绿，长棒状，长 20cm，粗 5cm，单瓜平均重 500g 左右。每株产瓜 20～40 个，平均 30 个。外表美观，品质佳，商品性极好。

(3) 适作茬口　冬春茬栽培。

22. 如何识别并使用主栽品种东葫 1 号

(1) 品种来源　山西省农科院棉花所。

(2) 特征特性　早熟，植株长势旺盛，叶柄直立，茎秆粗壮，根系发达，越冬栽培中，耐寒性特强，耐低温弱光，坐瓜率高，连续结瓜力强，瓜粗细均匀，颜色翠绿亮丽，长 25～26cm，粗 6～8cm，商品性好，生长期长，采收期长达 150～200 天，吊蔓管理单株连续结瓜达 20 个以上，产量特高。

（3）适作茬口　日光温室越冬栽培。

23. 如何识别并使用主栽品种玉秀

（1）品种来源　美国。

（2）特征特性　中早熟杂交一代品种，从出苗到采收40～43天，短蔓，叶片细小，长势极强，浅绿色果，瓜棒壮，细长均匀，皮色外观鲜嫩，商品性好。嫩瓜条长 20～25cm，直径 6～7cm，商品单瓜重 650g 左右，果皮厚 2～2.2cm，质细味佳，坐果率高，抗病，适应性广，耐储运。

（3）适作茬口　早春种植。

24. 如何识别并使用主栽品种金榜

见书前彩图 2-2。

（1）品种来源　山西省太谷德丰种业有限公司。

（2）特征特性　植株为短蔓矮生型，早熟，播种后 45 天左右可采收嫩果上市。果实育期间开雌花后 7～10 天，嫩果重 250～500g 即可采收，果实长棒形，实心皮色金黄、鲜艳、美观，果肉细、脆嫩，品质风味极佳，可生食（凉拌）做沙拉或炒食。单株结果可达 6～10 个，株产 3～5kg。综合性状优于进口品种。

（3）适作茬口　日光温室早春栽培。

25. 如何识别并使用主栽品种长青 1 号

（1）品种来源　山西省农科院蔬菜研究所选育。

（2）特征特性　早熟，定植后 38 天左右可采摘 250g 以上商品瓜。第一雌花着生在第五至第六节，1 株可同时结 2～3 个瓜，瓜呈长筒形，粗细均匀，美观，商品性好。

（3）适作茬口　保护地早春及春露地栽培。

26. 如何识别并使用主栽品种中葫1号

见书前彩图 2-3。

（1）品种来源　中国农科院蔬菜花卉所。

（2）特征特性　主蔓结瓜为主，生长势较强，抗逆性较好。早熟性好，坐瓜多，节成性强，前期产量高。瓜形棒状，瓜皮浅绿色。以嫩瓜食用为主，一般采收标准在 150～200g 之间。品质优良，营养丰富，特别是胡萝卜素及铁的含量高于一般西葫芦品种。

（3）适作茬口　保护地早春及露地早熟栽培。

27. 如何识别并使用主栽品种法国盛玉

（1）品种来源　法国。

（2）特征特性　植株生长旺盛、强健、不歇秧，根系发达，耐寒性好，抗病、抗逆性强，高抗银叶病。叶片中等大小、中翠绿、节间短、茎秆粗壮、长蔓和膨瓜协调、易管理。果实长圆柱形，长 24～28cm，粗 6～8cm，瓜条顺直，整齐度好，颜色翠绿亮丽，商品性好，易储运。早熟，连续坐瓜性强，节节有瓜，单株可采瓜 35 个以上，采收期长达 250 天。

（3）适作茬口　保护地冬春、早春及春露地栽培。

28. 如何识别并使用主栽品种斯卡万

见书前彩图 2-4。

（1）品种来源　美国。

（2）特征特性　早熟，成熟期 40～45 天。植株生长旺盛，第一雌花着生在第五至第七节，1 株可同时结 2～3 个瓜，瓜条呈棒状形，瓜条均匀，长度适中，长 20～25cm，商品性好。抗病性强。特耐低温。

（3）适作茬口　保护地越冬栽培。

29. 如何识别并使用主栽品种阿米拉

（1）品种来源　法国威迈种子公司。

（2）特征特性　杂交一代种，早熟，植株长势强，株形开放，有利采收。果实浅绿色，圆柱形，长20cm左右，直径5～6cm，产量高。

（3）适作茬口　保护地越冬、早春栽培。

30. 如何识别并使用主栽品种金蜡烛

（1）品种来源　美国加利福尼亚皮托种子有限公司。

（2）特征特性　早熟，从种植至初收53天，果实直而整齐，长圆筒形，上有微突起的浅棱，果皮非常光滑如蜡，金黄色；果柄五棱形，浓绿色；果肉柔嫩，奶白色。商品果长18～20cm。植株直立、矮生，主蔓生长粗壮，叶开张，容易采收，品质风味好。

（3）适作茬口　早春栽培。

31. 如何识别并使用主栽品种金剑

见书前彩图2-5。

（1）品种来源　山东华盛农业发展有限公司。

（2）特征特性　果实金黄色，亮丽诱人，长26～28cm，粗5～6cm，瓜形整齐，商品性佳。植株长势中等。株形紧凑，易坐瓜，连续采收能力强。

（3）适作茬口　日光温室早春栽培。

32. 如何识别并使用主栽品种火箭

（1）品种来源　美国阿特拉斯种子公司。

（2）特征特性　早熟一代杂种，果实金黄色；圆柱形，大小为

（20～25）cm×5cm，单果重 300g 左右；植株生长势强，节间短，雌花多，收获期长，抗病高产。

（3）适作茬口　日光温室早春栽培。

33. 如何识别并使用主栽品种金珊瑚

见书前彩图 2-6。

（1）品种来源　瑞士先正达种子有限公司。

（2）特征特性　早熟，丰产，果实为金黄色，瓜条直，圆柱形，果柄绿色，果实长达 25cm，直径 5cm，单瓜重 400g 左右，株形直立，节间短，每亩产量可达 7000kg。

（3）适作茬口　日光温室早春栽培。

34. 如何识别并使用主栽品种吉美

见书前彩图 2-7。

（1）品种来源　中国台湾农友种苗公司。

（2）特征特性　属矮生品种类型。茎蔓粗壮，节间短，蔓长 1m 左右，一般在播种后 1 个月左右即开始结果，属于特早熟类型。结果多，嫩果果皮金黄色，艳丽醒目，果形为短棍棒状，单果重 200g 左右。果肉白色脆嫩细腻。属于外形美、品质好的优质西葫芦品种。

（3）适作茬口　日光温室早春栽培。

35. 如何识别并使用主栽品种美葫二号

（1）品种来源　北京捷利亚种业有限公司。

（2）特征特性　早熟，植株长势强健，坐果多，不歇秧；瓜长 22cm 左右，瓜径 6cm 左右，瓜长柱状，美观亮丽，耐储运；瓜条顺直，色泽翠绿光亮，果整齐度好，连续坐果能力强，瓜膨大快，产量高；耐寒性好，抗白粉病、灰霉病能力强。

（3）适作茬口　日光温室早春栽培。

36. **如何识别并使用主栽品种早青 1 号**

见书前彩图 2-8。

（1）品种来源　由山西省农业科学院蔬菜研究所育成的西葫芦品种。

（2）特征特性　植株矮生，叶小茎短，结瓜性好，可同时结 2~3 个瓜。瓜长筒形，嫩瓜皮色浅绿，有少量白色斑点，有棱、肉厚、细致、品质佳。早熟，播种后 45 天可采收重 250g 以上嫩瓜。抗病毒能力中等。

（3）适作茬口　日光温室早春栽培。

37. **如何识别并使用主栽品种黑美丽**

见书前彩图 2-9。

（1）品种来源　中国农科院蔬菜花卉所。

（2）特征特性　植株矮生，长势较旺，喜肥水，以主蔓结瓜为主。第一雌花出现在主蔓 7 节左右，节成性好，以后基本每节有瓜。该品种外形美观：瓜形长棒状，粗细均匀，瓜皮墨绿色，有光泽；品质好，营养丰富，以食用 150~500g 的嫩瓜为主；可作为特菜供应市场。抗逆性及抗病性较好；能较好地适应低温弱光环境。定植后 25 天左右即可采收嫩瓜。

（3）适作茬口　日光温室早春栽培。

38. **如何识别并使用主栽品种冷玉**

（1）品种来源　法国。

（2）特征特性　植株长势强健，根系发达，抗逆性强，高抗银叶病、病毒病。瓜长 25cm 左右，粗 6cm，单瓜重 400g 左右，圆柱形，皮色浅绿，光泽亮丽，商品性好，耐储运，采收期长，不易早衰，亩产可达 20000kg。

（3）适作茬口　日光温室早春、越冬栽培。

39. 如何识别并使用主栽品种京葫十二号

（1）品种来源　国家蔬菜工程研究中心。

（2）特征特性　中早熟，长势强劲，株形半开展。耐寒及耐低温弱光性好。连续结瓜能力强，产量高。瓜为浅绿细花纹，长筒形，长 22～25cm，粗 5～6cm。光泽亮丽，商品性好。

（3）适作茬口　日光温室早春栽培。

40. 如何识别并使用主栽品种绿龙

（1）品种来源　北京绿亨公司。

（2）特征特性　中早熟，长势旺，极耐寒，瓜码密，瓜色翠绿，有光泽，圆柱形，长 20～22cm，粗 5～6cm，质优，形美，耐储存，茎秆粗壮，根系发达，抗逆性强，抗病性好，采收期可达 200 天，单株采瓜 35 个以上，深冬（1～3 月）产量为同类品种的两倍，是日光温室高效益栽培的专用品种。

（3）适作茬口　日光温室早春、越冬茬栽培。

41. 如何识别并使用主栽品种金珠西葫芦

见书前彩图 2-10。

（1）品种来源　美国。

（2）特征特性　极早熟，播种后 36 天就可采收。无蔓，栽培不用吊架，适应性强。金珠西葫芦果实圆球形，果皮金黄闪亮，是难得一见的珍贵礼品西葫芦，单瓜重 300～400g 采收上市，适于宾馆、酒楼和超市作稀有的高档品种销售，效益非常可观。

（3）适作茬口　日光温室一年四季随时可播种上市。

三、育苗技术

西葫芦育苗时如何配制营养土

西葫芦育苗时，由于幼苗的生长量很大，故对育苗时的营养土要求比较严格。西葫芦育苗的营养土要求富含有机质，营养完全，且 pH 值为 5.7～7。为此，多采用人工调制营养土进行育苗。

首先选择好园土。园土是配制营养土的主要成分，选择园土时不宜选用前茬是瓜类蔬菜作物的地块里的土，选择种过葱蒜类的园土比较理想。园土应该打碎过筛，去掉杂草和打不碎的硬块，保持土壤干燥状态以备用，应无草籽、少病菌、少虫卵。

其次是选好有机肥。有机肥应该是充分腐熟的，以马粪、猪粪、大粪干等优质有机肥为好。使用前应将其充分腐熟发酵，然后进行晾晒，并打碎、捣细、过筛，以减少大粒生粪（防止育苗时发生热烧根或死苗。这里应该强调一点的是，有机肥一定要充分腐熟且过筛，才能作育苗营养土）。

取上述土粪（含化肥）按 6∶4 的比例进行配制，同时在1000kg 配制的土中加入尿素 0.2kg、磷酸二铵 0.3kg、草木灰 5～8kg、50%甲基托布津 100g（或 50%多菌灵 100g）、2.5%的敌百虫 100g，充分掺匀，堆放备用。理想的营养土应该营养全面、彻底杀灭病虫源、土壤疏松透气。营养土消毒可采用以下方法：用

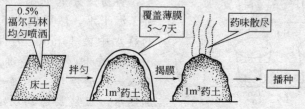

图 3-1　营养土福尔马林消毒过程

35

0.5％福尔马林喷洒营养土，喷后拌匀后密封堆置5～7天，然后揭开薄膜待药味挥发干净后再使用（图3-1）。

43. 播种前西葫芦种子应进行哪些处理

为了保证西葫芦育苗时全苗，增加西葫芦幼苗的抗逆性，常常采取的措施有晒种、浸种和催芽。

（1）选种和晒种　种子得到后，应进行检查，纯度高的种子应该大小一致、颜色均匀。除此以外，还应挑出碎的和有虫卵的种子。在浸种以前应晒种2～3天，以提高种子的发芽势，促进幼苗的健壮、齐全。

（2）种子消毒　种子消毒是防治病害的主要措施之一，因为西葫芦的大部分病害可以通过种子传播。种子消毒常用的方法有杀菌剂处理、烫种处理、干热处理等。

杀菌剂处理。先用清水浸泡5min，再用0.1％的高锰酸钾浸种15～25min，可以防止病毒病的发生；或用50％多菌灵500倍液浸种1h可以防治枯萎病；或用40％福尔马林100倍液浸种20min，浸种后捞出密闭2～3h可以防治西葫芦的枯萎病、炭疽病等。具体操作过程见图3-2。

热水烫种。为杀灭附在种子表面和潜伏在种子内部的病菌，可用热水烫种。先把种子用水浸胀，可减少烫种时对种子发芽的影响，并促使种子上的病原菌萌动，容易烫死病原菌。把浸胀的种子沥干水，然后倒入52～55℃的热水中烫15min。为保证杀菌消毒的效果，一是要确保水温，插入一根温度计，水温一下降就加热水；二是要达到规定的烫种时间。烫完种立即把种子从热水

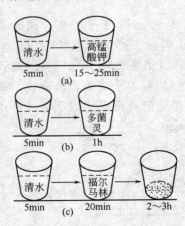

图3-2　西葫芦种子消毒操作过程

中取出，投入冷水中冷却，以免余热伤害种子。

干热处理。将充分干燥的种子置于 70℃ 恒温箱内干热处理 72h，可杀死许多病原菌，而不降低种子发芽率。尤其对防治病毒病效果较好。

（3）浸种 消毒后的种子取出后洗净，即可放到 30℃ 左右的温水中浸泡，并保持一定的时间，促使种子在短时间内吸足发芽所需的绝大部分水分。使氧气容易通过种皮，有助于种子内部的营养物质的转换，在适温的条件下能早萌发、早发芽。西葫芦浸种 6～8h 即可，浸种 12h 以上，反而对种子的萌发不利。

（4）催芽 经过 6～8h 的浸种，将西葫芦的种子捞出后晾干，用湿沙布包好（布包要小，要薄），放在 25～30℃ 的条件下催芽，每 6～8h 翻动 1 次，使之透气。催芽期间要保持包布湿润，2～3 天开始出芽，芽长 0.5cm 时就可以播种。催芽时切记必须经常检查温度，既要防止温度过高烫伤种子，又需防止温度过低停止发芽，并需经常翻动种子，使所有的种子都能得到相同的温度、湿度和空气，保证发芽齐全。在种子催芽过程中，倘若发现种子发黏，立即用水把种子和布包洗净，然后继续催芽。当 70% 左右的种子已露白，可进行播种。

44. 西葫芦的壮苗标准是什么

西葫芦壮苗的指标是：茎粗 0.4～0.5cm，株高 10cm，苗龄在 30 天左右，形态指标为 3 叶 1 心或 4 叶 1 心。从外观看，壮苗的形态特征应该是：茎粗短，节间不伸长，叶片大而厚，叶色浓绿，须根多，根白色粗壮，无病虫害，不伤主根。

和壮苗相对的，就称为弱苗。弱苗的特征是：茎秆细长，子叶早脱落，下部的叶片枯黄早，须根少，主根断裂，苗龄在 20 天以下。弱苗容易生病和受冻，移栽后容易萎蔫，缓苗慢，而且容易发生落花乃至落果。

此外，还有一种苗，称为老化苗，也有人称为僵化苗或小老苗。它的特征是：茎细发硬，叶小发黄，根少色暗，老化苗生长很慢，结果期延长，衰老快。

从上述外观形态上来认识壮苗，是生产上通常采用的标准。应当指出，壮苗和劣苗是相对而言的。在生产上，壮苗和劣苗不是截然分开的，它们中间还存在着许多中间类型。这需要有一定的实践经验，才能正确地区分。

45. 怎样培育西葫芦壮苗

（1）适期播种　西葫芦苗期根茎叶生长速度快，育苗时间不宜过长。育苗时间过长，幼苗过大，定植时缓苗慢，一般苗龄25～30天适宜。

（2）浸种催芽　播种前3～5天粒选种子，用50～55℃温水浸种。种子投放到温水中后不停搅拌，水温降到30℃时浸泡3～4h。浸种后将种子搓洗干净，捞出种子略晾一会儿，用湿布包好催芽。催芽温度为25～30℃，1～2天可出芽；芽长3～4mm时可播种。

（3）准备苗床　播种前5～7天准备苗床，苗床内填入10cm厚培养土。培养土的配制是先用6份园田土与4份腐熟圈粪混合，每立方米加腐熟、捣细的大粪干或鸡粪15～25kg、过磷酸钙0.5～1kg、草木灰5～10kg。混匀后填入苗床，踩实整平，盖膜以提高地温。

（4）播种　选择晴暖天气上午播种。因西葫芦苗龄短，又必须带土坨定植，所以，浇底水后随即用刀将苗床按10～12cm纵横切块，切口深10cm。将催好芽的种子平放到切块中央，胚芽向下，撒一把略潮的细土盖种。全畦播完种后，用潮干细土覆盖，覆土厚度1.5～2cm。夜间加盖草苫。

（5）苗床温度管理　播种后出苗前，要适当提高苗畦温度，促使幼苗尽快出土，白天畦温25～28℃，夜温12～15℃，地温16～18℃。为达到所要求的温度，苗床不通风，草苫可适当晚揭早盖。出苗后立即降低畦温，防止下胚轴徒长，白天畦温可控制在18～25℃，夜温10～12℃，控制方法是草苫适当早揭晚盖。秧苗破心后，第一片真叶开始生长，可适当提高畦温，促使叶片生长，畦温白天控制在 22～28℃，夜间 12～15℃。定植前加强通风，降低畦温锻炼幼苗，使其适应定植，白天畦温控制在 15～22℃，夜间 8～12℃。健壮幼苗的形态是：幼苗矮壮，叶色浓绿，子叶平展肥大，两片子叶健全，根系发达。

46. 日光温室秋冬茬西葫芦什么时间育苗好？如何搭建苗床

培育西葫芦壮苗是丰产的关键，而秋冬茬西葫芦育苗时正是高温季节。若保护措施跟不上就有可能培育一批病苗、弱苗。避免苗子发病的主要措施是降温、防雨。以寿光市为例，若不加降温、防雨措施，秋冬茬日光温室西葫芦的播期应设在 8 月 20 日以后；如加上遮阳网，其播期可提早到 8 月 5 日；如遮阳网和旧塑料薄膜同时使用，其播期可提早到 7 月 25 日左右。遮阳网主要用于大环境的遮阳降温，旧薄膜主要用于苗正上方的遮阳降温、防雨，平时使用时，四周不密封。具体育苗时可首先选地势高燥、土质肥沃、能排能灌的地块，做成宽 1.5m、高 15cm 的苗床，苗床上支拱架，上盖旧膜防雨。盖膜时苗床拱架两侧留 30cm 左右的通风口通风。这一层旧塑料膜一般四周不密封，它主要是用于下雨时防雨。为了进一步降低温度，小拱棚上面再设一层遮阳网，这一层遮阳网既能降温，也能防雨淋苗，是夏季多雨季节育苗覆盖的理想材料。秋冬茬西葫芦育苗苗床如图 3-3 所示。

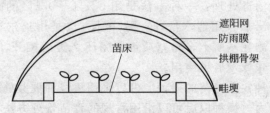

图 3-3　秋冬茬西葫芦育苗苗床

47. 西葫芦穴盘育苗应掌握哪些技术环节

（1）穴盘及苗龄的选择　穴盘是按照一定的规格制成的带有许

多小型圆形或方形孔穴的塑料盘，大小多为 30cm×60cm，盘上有 50 穴、72 穴、105 穴、128 穴、162 穴、200 穴、288 穴、406 穴、512 穴，小穴深度 3～10cm，塑料壁厚度为 0.85～1.05mm，蔬菜上常用的规格是 50 穴、72 穴、128 穴、288 穴。

西葫芦穴盘育苗（见书前彩图 3-1）宜选用 50 穴、72 穴穴盘，育苗苗龄 30～35 天，株高 10～15cm，3～4 片真叶，根系长满孔穴，将基质团拢，起苗时不易散坨。

（2）育苗基质　为了更好地创造适宜幼苗发育的根系环境，使秧苗生长迅速、旺盛、整齐一致，根系发达，同时减轻和避免土壤传染的病害，穴盘育种时常采用轻型基质。

可作为西葫芦育苗基质的材料有：珍珠岩、蛭石、草炭、炉灰渣、沙子、炭化稻壳、炭化玉米芯、发酵好的锯末、甘蔗渣、栽培食用菌废料等。这些基质可以单独使用，也可以几种混合使用。草炭系复合基质的比例是：草炭 30％～50％、蛭石 20％～30％、炉灰渣 20％～50％、珍珠岩 20％左右；非草炭系复合基质的比例是：棉籽壳 40％～80％、蛭石 20％～30％、糠醛渣 10％～20％、炉灰渣 20％、猪粪 10％。为了充分满足幼苗生长发育的营养需要，在每立方米基质中可以适当地加入三元复合肥（氮∶磷∶钾为 15∶15∶15）1～1.5kg。

如果是首次使用的干净基质一般不进行消毒。重复使用的基质则最好进行消毒处理：一种方法是用 0.1％～0.5％的高锰酸钾溶液浸泡 30min 后，用清水洗净；另一种方法是用福尔马林兑等量水，均匀喷洒在基质上，将基质堆起密闭 2 天后摊开，晾晒 15 天左右，等药味挥发后再使用。

（3）播种穴盘育苗的播种　可以采用将浸种催芽处理后的种子粒播于盘穴内。播种以后可以沿用常规的育苗管理方法，如上面加盖塑料薄膜，下面铺设地热线等，直接培育幼苗。

播种后温度控制在 25～28℃，空气相对湿度在 90％以上。在出苗阶段应及时检查，如果基质干燥，应喷水 1～2 次，当 50％左右的苗顶土时，应喷水一次，有助于种皮的脱壳，防止种子带帽出土。喷水时不要用冷水，应用 25℃ 左右的温水喷洒。

当幼苗 60% 出土后，及时撤除薄膜。按常规育苗管理方式进行管理，具体参阅问题 "44. 西葫芦的壮苗标准是什么" 和 "45. 怎样培育西葫芦壮苗"。

48. 西葫芦穴盘苗的矮化技术有哪些

西葫芦穴盘苗地上部及地下部受生长空间限制，往往造成徒长、形态细弱，是穴盘苗生产品质上最大的缺点，也是无法全面取代土培苗的主要原因，如何生产矮壮秧苗是育苗穴盘苗的关键点。一般可利用控制光照、温度、水分等方式来矮化秧苗。生长调节剂虽然能很好地控制植株高度，但为绿色食品蔬菜和有机食品蔬菜生产所限制，不宜提倡。

（1）光照　植物形态与光有关，植物自种子萌发后若处于黑暗中生长，易形成黄化苗，其上胚轴细长、子叶卷曲无法平展且无法形成叶绿素，植物接受光照后，则叶绿素形成，叶片生长发育，且光会抑制节间的伸长，故植物在弱光下节间伸长而徒长，在强光下节间较短缩。不同光质亦会影响植物茎的生长，能量高、波长短的红光会抑制茎的生长，远红光会促进节间伸长，因此红光与远红光量之比会影响节间的长度。因此在穴盘苗生产上，为节约成本不宜人工补光，但在温室覆盖材质上，必须选择透光率高的材料。

（2）温度　夜间的高温易造成种苗的徒长，因此在植物的许可温度范围内，尽量降低夜间温度，加大昼夜温差，有利于培养壮苗。

（3）水分　适当地限制供水可有效矮化植株并且使植物组织紧密，将叶片水分控制在轻微的缺水条件下，使茎部细胞伸长受阻，但光合作用仍正常进行，如此便有较多的养分蓄积至根部用于根部的生长，可缩短地上部的节间长度，增加根部含量，对穴盘苗移植后恢复生长极为有利。

（4）喷施生长调节剂　常用的生长调节剂有 B9（比久、丁酰肼）、矮壮素、多效唑、烯效唑，另外，农药粉锈宁（三唑酮）的矮化效果也很好，但不宜应用于西葫芦等瓜类，否则易产生药害。B9 的化学成分容易在土壤中分解，因此通常叶面喷施，使用浓度为 1000～1200mg/kg。矮壮素的使用浓度是 100～150mg/kg，多效唑一般使用 5～7.5mg/kg，烯效唑的使用浓度是多效唑的一半。

49. 常用西葫芦嫁接砧木品种有哪些

（1）黑籽南瓜　根系强大，茎圆形，分枝性强。叶圆形，深裂，有刺毛。花冠黄色或橘黄色，萼筒短，有细长的裂片；花梗硬，较细，棱不显著，果蒂处稍膨大。果实椭圆形，果皮硬，绿色，有白色条纹或斑块。果肉白色，多纤维。种子通常黑色，有窄薄边，株柄痕斜或平。千粒重 250g 左右。黑籽南瓜要求日照严格，日照在 13h 以上的地区或季节不形成花芽或有花蕾而不能开花坐果。生长要求较低的温度，较高的地温条件生长发育不良。西葫芦嫁接通常是选用黑籽南瓜做砧木，其原因有三：一是南瓜根系发达，入土深，吸收范围广，耐肥水、耐旱能力强，可延长采收期增加产量；二是南瓜对枯萎病有免疫作用；三是南瓜根抵抗低温能力强。西葫芦根系在温度 10℃时停止生长，而南瓜根系在 8℃时还可以生长根毛。由于南瓜嫁接苗比自根苗素质高，生长旺盛，抗逆性强，前期产量和总产量均比自根苗显著增产。

（2）中原共生 Z101　这是郑州中原西甜瓜研究所利用国外种质资源，通过远缘杂交育成的砧木新品种。中原共生 Z101 较黑籽南瓜优点突出，表现发芽势强，出苗整齐，髓腔紧实，嫁接亲和力强，根系发达，吸水吸肥力强，植株生长旺盛，抗寒耐热，低温条件下生长迅速，中后期不早衰。抗枯萎病，彻底解决重茬连作障碍，耐根结线虫病是其他砧木所不具备的。本品种完全不同于一般黑籽南瓜，对西葫芦品质、风味无任何影响，最大限度保持原品种特性，同时表现坐瓜提前、坐果率高，瓜条顺直，单瓜重增加，颜色浓绿有光泽，商品价值高，提早上市，采收期延长，从而产量比黑籽南瓜作砧木提高 30％。

（3）特选新土佐砧木　日本引进的杂交一代南瓜（笋瓜与中国

南瓜的种间杂交种），生长势强，吸肥力强，与西葫芦亲和力均很强，耐热、耐湿、耐旱，低温生长性强，抗枯萎病等土传病害；适应性广，苗期生长快，育苗期短，胚轴特别粗壮；很少发生因嫁接而引起的急性凋萎，能提早成熟和增加产量，比自根苗减少氮肥 30%。

50. 西葫芦如何嫁接？嫁接后如何管理

（1）嫁接 ①砧木的选用。西葫芦的嫁接砧木，从亲和力上讲，南瓜、葫芦、瓠子都可以，但从生产实际出发，砧木以黑籽南瓜为佳，如果根结线虫危害比较严重，可考虑选用中原共生 Z101。生产中选择砧木时可参阅"49.常用西葫芦嫁接砧木品种有哪些"一问。②浸种。黑籽南瓜比西葫芦早催芽 2 天。烫种时的水温以55℃左右较理想，经自然冷却后。黑籽南瓜浸种 10～12h，西葫芦浸种 6～8h，然后进行催芽。③播种。催芽的种子露白时即可播种，播种前营养钵浇透水，再将种子平放于营养土上，每钵内砧木和接穗各播 1 粒，种尖方向一致，间隔 2cm。砧木和接穗种子在营养钵内应严格分开，如左面均为砧木种子，右边均为接穗种子，整个育苗床内应做到整齐一致，以便于嫁接操作和嫁接后管理。种子摆平后，立即覆盖一层过筛的潮湿土 2cm 左右。④嫁接前幼苗的管理。嫁接前苗子的管理主要是温度和水分的控制，为了尽快齐苗，土壤温度最低要保持在 20℃左右，气温应控制在 25～30℃之间。为了防止水分蒸发，上面可覆土或少量浇水。出苗后，可适当降温 2～3℃，保持气温在 25℃左右。⑤嫁接。当接穗西葫芦长到两片子叶一片真叶时，即可开始嫁接。按上述方法进行播种，只能进行靠接。实践证明，西葫芦嫁接以靠接的成活率为高。靠接时一定要分清砧木和接穗。用刀片在砧木下胚轴距土面 3cm 处向下斜切至中心部，同时在西葫芦下胚轴的相应部位向上斜切同样的深度，然后将西葫芦的切口相对应地插入南瓜的切口中，再用嫁接夹夹住嫁接处加以固定，同时摘除南瓜的生长点，按原来的位置放好。靠接西葫芦时一定要注意：靠接的时间越早越好，以防西葫芦

(a) 砧木与接穗　(b) 砧木与出接穗处理

(c) 嫁接　　　　(d) 断根

图 3-4　西葫芦嫁接育苗
靠接法操作过程

1—砧木苗；2—西葫芦苗；
3—摘除生长点；4—嫁接夹

和南瓜苗子大了出现中空现象。嫁接过程见图 3-4。

（2）西葫芦嫁接后的管理西葫芦嫁接后宜采用适当的遮阳保湿、保温方法进行管理。

①控温：嫁接后的温度宜保持在 25～30℃，夜温 17～20℃。②遮光：嫁接后依天气和苗子的情况决定遮阳的方法。一般采用旧薄膜加麦（稻）草遮光，嫁接后头 3 天不见光，不通风。3 天后在日出和日落前适当揭开草苫透光，使苗见一些弱光，以后逐渐加大透光量。待 6～7 天后接口愈合后白天可不再覆盖。在见光的同时还要注意保湿。③保湿：嫁接后苗冰随即用旧塑料覆盖，封闭四周，保持空气相对湿度 85%～90%。5～6 天后可以开始小通风，并逐渐降低湿度。10 天后开始大通风，通风时应注意加大通风量，防止在通风时出现萎蔫。一旦出现萎蔫，应及时遮阳、喷水，停止通风。④断根：依据伤口愈合情况，于嫁接后 5～7 天可进行一下试探性处理。即把接口下西葫芦茎用手捏劈。如果在晴天中午西葫芦的苗不萎蔫，说明上下已接通，完全愈合，水分能上下进行正常运输，可去掉夹子，沿接口下方用剪刀或刀片把接穗（西葫芦）茎切断，进行断根，即形成一棵完全独立生活的嫁接苗子。若用手将茎捏劈后开始打蔫，说明还没有完全愈合，可再停 1～2 天；若仔细观察接口处，并轻轻地摇动，若接穗离开说明没有接活，没接活的苗不能定植。

嫁接断根后的管理与西葫芦自根苗相同，嫁接后 10～15 天进行幼苗锻炼，当嫁接苗具有 3 叶 1 心时可移栽定植。

51. 怎样进行西葫芦变温育苗

西葫芦育苗时采用变温处理，可使幼苗健壮，适应恶劣气候条件的能力增强，结瓜位降低，瓜码密，不仅能早熟，而且能增产，是实现西葫芦高产稳产的重要措施。

（1）种子变温处理　高温浸种、低温储种。先将西葫芦种子浸入 13℃ 的温水中泡 4h，然后捞出装入布袋，放在 5℃ 的冰箱中冷储一夜。第二天取出用凉水冲淋，把水晾干后将布袋放入盆内备用。

高温催芽、低温炼芽。将盆内种子放在 25～30℃ 的温度下催芽，待种子全部出芽 2h 后降温到 20℃ 炼芽 2h。

（2）苗床变温管理　播种后至出苗前要"高温促出苗"，白天保持在 25～28℃，夜间 15～17℃，地温 20～25℃；出苗后至第一真叶出现前要"低温防徒长"，白天保持在 20℃ 左右，夜间应在 10～12℃ 之间，地温 16～20℃；第一真叶出现后至定植前一周，要适温管理，白天保持在 20～25℃，夜间 13～15℃，地温 18～20℃；定植前一周，应逐渐降温，白天控制在 25℃，不超过 28℃，夜间降至 8～10℃，地温降至 12℃，使温度接近定植后温度。这样培育的幼苗既不徒长，又不老化，定植后成活率高。

（3）移栽苗变温处理　高温缓苗、低温炼苗。幼苗移栽后，白天温度控制在 25～32℃，夜间 15℃ 左右；缓苗后，白天保持在 25℃，夜间保持在 13～15℃。

52. 日光温室西葫芦在苗期遇不良性天气时应如何管理

日光温室西葫芦秋冬茬、越冬茬、冬春茬，在苗期遇到连阴雨雪等不良天气时，其管理技术主要以加强防寒保温和增强光照为主。

（1）防寒保温　注意收看天气预报，当寒流和阴雨雪天气到来之前，要严闭棚室，夜间加盖整体浮膜（既盖草苫后，再覆盖一整体薄膜），棚室后墙和山墙达不到应有厚度的，可在墙外加护草及薄膜等加强保温。必要时向阳面的棚室底角夜间增盖一层草帘以提高棚室内夜间的温度，甚至在严寒季节可以在棚前脸加盖麦草或其他覆盖物以加强保温。

如果持续阴天时间过长，就应在棚内设置灯泡提温增光。可在棚室中间，每间设置灯泡一个，若遇上雨雪天气，上午不能拉开草苫，应打开灯泡，若夜温过低，可在下午 5 时左右将灯泡打开，到夜间 10 时左右关闭，可有效提高棚温 2～3℃，同时还能增加光照。

为了保温，阴雨雪天气时一般情况下不放风，但当棚内空气相对湿度超过 85％时，可在中午前后短时间开天窗，小放上风排湿。每天拉开草苫时间的长短可根据棚温的变化而定，揭开草苫后，若温度下降，应随揭随盖；若温度稍有回升，可以在下午 2～3h 以前把覆盖物重新盖好。在阴天时要尽量减少出入棚室的次数，尽可能保持棚温。

（2）增加光照　只要不下雨，不下雪，甚至白天下小雪时，都要坚持拉开草苫，利用微弱的散射光增加棚内温度，补充光照，使西葫芦植株进行光合作用，避免西葫芦植株长时间处于黑暗状态造成根、茎、叶生长严重失衡。此外还要经常清扫日光温室棚膜表面，增加棚膜透光率，增强西葫芦植株的光合作用。

在西葫芦的苗期遇到强寒流天气时，一旦发生冻害，应于清晨 8 时前后喷洒 1 次 8～15℃的清洁温水，以利于缓解冻害，同时覆盖草苫或盖花苫形成花荫，防止阳光直射棚内升温过快，骤然解冻，造成死苗。

53. 西葫芦苗为什么会带帽出土

西葫芦育苗时经常出现带帽出土现象，带帽苗易形成弱苗，影响苗的质量。

（1）症状识别　西葫芦苗出土后子叶上的种皮不脱落，俗称带帽，秧苗子叶期的光合作用主要是由子叶来进行的，苗带帽使子叶被种皮夹住不能张开，因而会直接影响子叶的光合作用，还能使子叶受伤，造成幼苗生长不良或形成弱苗，这样的苗定植后对后期植株的生长发育也有影响。

（2）发生原因　苗带帽是由多种原因造成的，种皮干燥，盖土太干燥，致使种皮容易变干；播种太浅或覆土太薄造成土壤挤压力不够；苗床土温偏低，出苗时间延长；出苗后过早揭掉覆盖物或在晴天揭膜，致使种皮在脱落前已经变干；种子秕瘪，生活力弱等。

（3）防治措施　精细整床，苗床土要细、松、平整，播种前要浇足底水。不能播干种，要进行浸种处理，覆土要用潮土，且厚度要适宜，要薄厚均匀一致。加盖薄膜进行保湿，使种子从发芽到出苗期间保持湿润状态，幼苗刚出土时，如果床土过干要立即用喷壶洒水，发现有覆土太浅的地方可以补撒一层湿润细土；一旦发现带帽苗出现要立即人工摘除。

54. 怎样预防西葫芦幼苗徒长

（1）症状　徒长苗的叶面大，叶片薄、颜色淡、茎细而长，节与节的间距大，组织柔嫩，根短而小，"根冠比"小，干物质积累少。由于徒长苗根系弱，吸水能力差，叶及茎柔嫩，表面角质层不发达，所以在空气湿度降低时，蒸腾作用剧增，从而使叶片萎蔫。徒长苗抗逆性差，容易受冻，易染病。由于营养不良，徒长苗的花芽形成和发育都慢，花数量少且出现晚，往往形成畸形果，易落花，早熟性差，产量低。

（2）病因　徒长苗形成的原因主要是夜温过高，昼夜温差小，光照不足，通风不良，水分过大，氮肥施用过多，磷肥、钾肥施用过少等因素造成的。幼苗徒长主要发生在两个时期：一是幼苗刚出土时，由于没有及时通风，及时揭开覆盖物而引起苗徒长，因为此时黄瓜幼苗的下胚轴对温度十分敏感，高温极易引发下胚轴伸长。二是在春季定植前，外界气温逐渐升高，天气变暖，幼苗生长加快，植株已相当大，相互拥挤，互相挡光遮阳，或是这时大量灌水而又没有降低夜温造成徒长。

（3）防治方法　防治徒长苗应根据管理中的具体问题，对症下药，采取相应的措施。

①科学建造苗床。营养土的配比要合理，用有机肥、田园土等量混合配制营养土，有机肥要充分腐熟，田园土的取土地块不能种

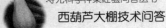

过瓜类蔬菜，以利防病，分别过筛后混匀。每立方米营养土中可掺入磷酸二铵 1kg，不要掺尿素等速效氮肥，即使使用这类速效氮肥，用量也要适当，掺入量过多容易引发徒长，还会在以后的栽培过程中出现一些生理变异株。此外，要选用透光性较好的塑料薄膜，以保证苗床光照充足。②加强管理。幼苗出土后降低床内空气湿度和夜温，因为此时幼苗的下胚轴对温度十分敏感，极易徒长。保持夜间床温前半夜为15～20℃，后半夜 10～15℃，早晨不低于5℃，保持一定的昼夜温差。对于定植前一段时间发生的徒长苗，可在定植时将其栽得深些，保持子叶在土壤表面以上 2.0～2.5cm 即可。③喷施植物生长调节剂。喷施植物生长调节剂是抑制徒长的下策，因为如果过量，会影响幼苗的生长和结瓜。确有必要时，可用 50％的矮壮素原液兑水配成 2500～3000 倍液（即 1ml 原液加水 2.5～3.0kg），用喷雾器喷洒在幼苗上，每平方米苗床喷洒 1L 配制好的矮壮素溶液。喷后 10 天左右，可观察到幼苗生长缓慢，叶色变浓绿，茎变得健壮。

55. 如何利用泥炭营养块进行西葫芦育苗

（1）选用适宜规格的营养块　西葫芦自根育苗宜选用圆形大孔 40g 的营养块，采用嫁接育苗，宜选用圆形双孔 60g 营养块。

（2）播前准备与播种　提前将种子催芽露白，催芽时间视不同作物而定，但芽不要过长。苗床底部平整压实后，铺一层聚乙烯薄膜，按间距 1cm 把营养块摆放在苗床上。播种前必须将营养块浇透水，可用喷壶或喷头由上而下向营养块喷水，薄膜有积水后停喷，积水吸干后再喷，反复 5～6 次（约 30min），直到营养块完全膨胀。营养块完全膨胀后，放置 4～5h 后开始播种，种子平放穴内，上覆 1～1.5cm 厚的蛭石或用多菌灵处理过的细沙土，切忌使用重茬土覆盖。吸水膨胀后的营养块比较松软，暂时不要移动或按压。双孔靠接注意播种时种子方向和播种时间差，一般接穗比砧木早播 3～5 天。注意培育长龄苗（60～90 天）不用铺薄膜，直接将营养块铺在苗床上。

（3）苗期管理　播后要保持营养块水分充足，定植前停水炼苗。喷水时不能大水浸泡，但可以在薄膜上保持适量存水，喷水时间和次数根据温度灵活掌握。由于营养块营养面积较小，定植时间要比营养钵适当提前，只要根系布满营养块，白尖嫩根稍外露，就要及时定植，防止根系老化。定植时带基移栽，定植后的管理同普通营养钵育苗。

56. 培育西葫芦壮苗如何巧用爱多收

日光温室西葫芦生产的第一关是培育壮苗。若培育出健壮的幼苗，在同样的肥水和管理条件下可以提高 1/3 的产量。

在进行种子消毒时，可用爱多收（2.85％硝·萘乙酸水剂）3000 倍液浸种。爱多收能有效地促进种子发芽并提高发芽率，使发芽整齐，培育出健壮幼苗。

发芽期的目标是苗全、苗齐、不徒长，要每 7 天喷施爱多收6000 倍液 1 次，使幼苗根系发达，保证幼苗健壮生长。同时控制好日光温室内白天与夜间的温度，保持一定的温差。定植前注意炼苗。

移苗的时期宜早不宜晚。移苗时应采取保护根系的措施，要浇透底水，舒展根系。移苗后应提高日光温室内温度，并喷施爱多收6000 倍液 1～2 次，加快缓苗速度，降低死苗率。

西葫芦幼苗缓苗后，进入迅速生长阶段。此时西葫芦幼苗应以促进花芽分化为目标，控制好温度。在此阶段要每 30 天喷施爱多收 6000 倍液 2～3 次，以促进营养生长和花芽分化，防止幼苗徒长和老化。

在西葫芦幼苗阶段，还要防冻害，遇有寒流时，应提前喷施爱多收 5000 倍液 1 次，以预防冻害，并做好防寒保温工作。如遇严重冻害，迅速喷施爱多收 4000 倍液 2～3 次，可解除或缓解冻害所带来的伤害。

57. 夏季培育西葫芦苗应抓好哪些关键措施

夏季天气炎热，西葫芦育苗难度大，一旦管理不当，很容易造成西葫芦幼苗生长不良，病害严重，造成育苗失败。因此，近期西葫芦育苗一定要抓住重点，加强管理。主要应做好以下几点。

（1）设置遮阳网，防高温危害 夏季棚内温度较高，即使在加强通风的情况下，有时也难把棚内的温度降下来，致使西葫芦幼苗受到高温危害。在这种情况下，要及时设置好遮阳网，把棚内的温度降下来。

（2）及时浇水，防土壤干旱 夏季土壤水分蒸发量大，再加上植株蒸腾作用也大，很容易造成水分供应不足。另外，在土壤干旱的情况下，土壤中的钙、硼等中微量元素很难被根系吸收，易造成幼苗因缺素而生长不良。更重要的是高温干旱还能诱发西葫芦病毒病的发生。因此，夏季西葫芦育苗期内一定要及时浇水，避免土壤过于干旱，以保证西葫芦充足的水分供应。

（3）控温控肥，防幼苗徒长 棚内较高的温度是造成西葫芦徒长的一个重要原因之一，因此，此期内一定要加强放风，拉大昼夜温差，严防幼苗徒长。同时还要做到合理追肥，在西葫芦苗期有些菜农有叶面喷肥的习惯，需注意的是如果苗不是很弱，尽量不要喷用尿素等含氮量过高的肥料，以免造成幼苗徒长。徒长严重时要及时用助壮素1500倍液控制，也可用爱多收3000倍液叶面喷洒，能达到控制徒长的效果。

（4）提前下手，严防死苗 夏季棚内的高温、强光、干旱的环境，常造成幼苗生长不良，病害多发，再加上此期正是各种害虫生长繁殖的高峰期，幼苗极易受害。因此，应及早下手，提前预防，以保证西葫芦苗期苗全苗壮。苗期的主要病害有猝倒病、立枯病，可在病害初发时，用30％倍生（苯噻氰）乳油1200倍液或15％土菌消（恶霉灵）水剂450倍液喷淋灌根预防。虫害主要以蚜虫、螨虫、蓟马、白粉虱为主，要及时在育苗棚的防风口处设好防虫网，严防此类害虫潜入。对已潜入棚内的害虫，可在棚内悬挂黄板诱杀，也可用3％啶虫脒1500倍液混合10％吡虫啉2000倍液防治。

四、栽 培 管 理

58. 西葫芦生长发育要求什么样的环境条件

（1）光照 西葫芦对光照条件要求：幼苗期需光照充足、短日照有利雌花形成，结果期要求强光，瓜生长速度快。在保护地生产要注意提高光照度，防止落花落果，提高产量。

冬春季节，日光温室内的光照条件直接影响着西葫芦的生长发育、产量和品质，而日光温室西葫芦生产又常常会遇到连阴天及雨雪天气。在改善日光温室光照条件方面，除做到选择形式好的日光温室结构，按"北高南低"合理调整植株、保持棚室面清洁、减少棚室膜上的水滴、使用镀铝膜反光幕等常规措施外，对日光温室进行人工补光，可作为改善棚室内光照条件的应急措施。

（2）温度 西葫芦对温度的适应性比较强。种子发芽适温25～30℃，高于35℃发芽细弱或发芽困难，低于12℃不发芽。生长发育适温18～25℃；开花结果适温22～25℃，低于15℃，受精不良，高于30℃花器官发育不正常；根系伸长最低温度为6℃，根毛活动最低温度在12℃以上。西葫芦在保护地生产，适宜的生育温度20～28℃，在弱光条件下，温度过高易徒长而引起化瓜和瓜生长缓慢。

（3）水分 西葫芦根系比较发达，直播栽培主根深达2m以上，吸收养分和水分能力很强，耐旱耐瘠薄；但移栽时切断主根或主根严重受伤害，导致吸水能力减弱；结果前期，土壤含水量过高，造成徒长；瓜膨大期喜土壤湿润，要求土壤较高的含水量，土壤相对湿度以50%～60%为宜。保护地栽培，冬春茬处于寒冷季节，温度较低，蒸发量小，要适当的控制水分，促进壮根壮秧空气湿度要求低，喜空气干燥。因此，灌水后如室内湿度大，要加强通风排湿。

根据不同季节温度、土壤蒸发量的大小来决定灌水的次数、灌水量，采取地膜覆盖进行膜下暗灌、软管滴灌等项新技术进行灌溉。

59. 为什么说科学放风是调控日光温室环境平衡的主要措施

（1）放风的作用　①降温。不管越冬茬，还是冬春茬西葫芦栽培，晴天中午时分棚室内气温会高达40℃以上，这时植株体内多种酶失去活性，作物代谢作用停滞，光合作用停止，无糖类物质生成。时间过长西葫芦局部会受到热害，时间再长会导致整株死亡。因此需要放风来降低棚室内的温度，将其控制在西葫芦最适宜生长的温度内，一般为20～28℃。②排湿。冬天温度低，室内相对湿度增加，西葫芦叶表面易结露。半夜到早晨揭帘子前空气相对湿度有时达到100%。温室棚膜内表面水珠凝结下滴以及室内产生雾气等，常使作物叶面过湿，易诱发霜霉病、细菌性角斑病等多种病害，因此应及时放风排湿。③调节温室内气体平衡。施用过量未腐熟的农家肥或施用过多的尿素、碳铵等氮肥释放氨气，质量不好的地膜、棚膜会释放出有害气体邻苯二甲酸和二异丁酯等，这些有害气体都会危害作物，应及时排出，并补充新鲜空气。同时放风能及时补充温室内二氧化碳，利于西葫芦的光合作用。温室揭帘后西葫芦见光1h，室内二氧化碳消耗已达到补偿点以下，所以及时放风是非常重要的。

（2）放风的方式　在冬季，放风主要是通过顶风口来完成。有经验的菜农通常采用"一天两放风"或"一天三放风"的方式进行，以起到排出温室内湿气和有害气体，补充棚内二氧化碳和降温的作用。

（3）放风的具体方法　不同的天气情况放风方法有差异。一是晴天：主要是控制温度。白天，上午温度达到25℃时，开始放风，下午温度降到25℃左右时，留小风，温度降为20℃左右时，关闭通风口。傍晚到上半夜是西葫芦养分转化和运输的主要时期，此时温度以 17～20℃ 最为适宜。下半夜西葫芦呼吸作用加强，养分消耗较多，温度控制在 12～15℃，以减少呼吸作用的营养消耗。二是阴天：主要是在保温的情况下控制湿度。在气温不低于 12℃ 早晨放风半小时，中午较热时放风 1～2h，下午放风半小时左右。三是雨雪天或大风降温天：可在中午 12 时左右适当放小风半小时，既交换气体，又不使气温陡然下降。注意在冬季和早春不能只顾保温而忽视二氧化碳的补充，影响了光合作用。

60. 日光温室西葫芦冬春季节如何用生石灰除湿

冬春季节棚室环境密闭，再加上西葫芦需求水分的量较大，如果棚室内空气湿度过大，会导致很多病害的发生，如灰霉病、菌核病等高温高湿条件下易发生的病害，严重影响西葫芦产量。可用生石灰块来增温降湿。

生石灰是一种极易吸水的常用干燥剂，它会和水发生化学反应，生成熟石灰，同时放出热量，其化学反应式是：

$$CaO（生石灰）+ H_2O（水）\longrightarrow Ca(OH)_2（熟石灰）+ 热量$$

从上式可以看出，整个化学反应过程，就是一个吸潮放热的过程，可谓一举两得。

具体做法是：采用新鲜的（最好是刚出窑的）生石灰块，均匀地分堆摆放于棚内作物行间，下垫塑料布等隔潮物以防止它直接从土壤中吸水，这样，它便会很快吸收棚中的潮气，使棚内湿度下降，温度上升，形成良性循环。至于生石灰用量多少，则要根据棚内湿度大小、温度高低等灵活掌握，用量愈大，除湿增温效果愈好。

吸水后的石灰块，会逐渐粉碎成石灰粉，可用于土壤消毒、配制农药（如石硫合剂、波尔多液）、作为钙肥等多个方面，一点也浪费不了。

61. 冬春茬西葫芦冬季日光温室内温度偏低怎么办

西葫芦较耐低温，在冬季日光温室生产中是一个成功率比较高的作物，但在灾害性天气条件下，若不注意保温增温也会导致生产失败。

保温增温的措施如下。①选择采光保温性能良好的温室结构。②注重建造时的标准要求，防止后坡过薄或脊上薄膜密封不严。③要求草苫有一定厚度，特别是致密性要好，不能用蒲草苫。④用透光保温好的聚氯乙烯农膜，并经常清扫农膜。⑤注意地面覆盖地膜，并封死引苗孔；注意扣膜和固定农膜方法，防止农膜起皱，影响无滴性。⑥有条件时，后墙和两山墙加挂反光幕。⑦增加草苫外的防雨保温塑膜，即浮膜覆盖保温。浮膜覆盖是日光温室深冬生产蔬菜时，傍晚放草苫后在草苫上面盖上一层薄膜，周围用装有少量土的编织袋压紧，这浮膜一般用聚乙烯薄膜，幅宽相当于草苫的长度，浮膜的长度相当于温室的长度，厚度 0.07～0.1mm。⑧设置保温幕，即在温室顶部、后墙、棚前处各设置一层薄膜，膜与膜的衔接触处用夹子夹着，形成室中的二次覆盖。冬季晴天时棚顶的二次膜拉开，晚上和连续阴雪天可封闭二次膜保温。⑨必要时必须采取人工加温措施，当棚温降至 6℃、10cm 地温降至 12℃以下时，要采取人工加温。可用烧后无烟的玉米芯火或木炭、焦炭加温。

62. 冬季日光温室西葫芦如何维持适宜的地温

在西葫芦生产中，适宜的地温往往是西葫芦优质丰产的基础。地温直接影响到根系的伸长、衰老及对养分和水分的吸收功能。在一定温度范围内，温度越低，根系的生命力和吸收能力就越差，更低的温度还会造成根系损伤。例如，地温低于 16℃时，根系对于磷的吸收就会受阻，地温低于 12℃，西葫芦根系的生理活动会受阻，根毛脱落。在冬季应科学调控地温，为西葫芦生长发育营造温床。

（1）调控好棚内的温度　棚内温度是影响地温的一个最重要因素。关于提高棚内气温的措施大家都非常熟悉，如加厚草苫、盖浮膜、电灯泡增温、建棚中棚、采用水枕头增温和挖排寒沟防寒等。也就是说，只有在保证棚内有较高气温的前提下，才能有较高的地温。因此，在深冬季节地温偏低的情况下，应将棚内温度提高，以气温促地温回升。

（2）合理浇水　一要注意浇水的时间，在冬季，一般应选在晴天的上午浇水，这样在浇水后土壤才有充分的提温排湿时间；二是要注意浇水量，一次性浇水过多，水温低，水的比热容大，地温不容易恢复。因此，我们一直提倡浇水应少量多次。尤其在深冬季节，在地温过低的情况下一次性浇水过大，很容易造成西葫芦沤根。在一般情况下，浇水后的当天和第二天要把棚温提高 2～3℃。因此，冬季浇水一定要科学合理，有条件的地方最好使用微灌。

（3）注意盖地膜　地膜覆盖是一种增加地温的好方法，需要注意的是，地膜应适当晚盖，越冬茬西葫芦最好在立冬后盖膜，因盖膜过早不利于西葫芦根系深扎，在严冬棚温过低的情况下容易冻伤根系。

（4）栽培行覆草　在西葫芦栽培行内覆盖秸秆或稻壳粪也是一项保持地温稳定的措施。秸秆或稻壳粪在发酵腐熟的过程中，释放的热量和二氧化碳要比作物秸秆高许多倍，很有推广价值。这一措施已被寿光市菜农广泛采用。

63. 如何搞好环境调控来保证西葫芦的品质和产量

（1）温度的调控　西葫芦种子的发芽适温为 21～32℃，幼苗期白天温度保持 25～28℃，夜间 16℃左右，苗期要防止高温，尤其注意不能使夜温过高，否则易造成植株徒长，不利于花芽分化；缓苗期白天温度 22～28℃，夜间温度 13～15℃；结果期白天温度 22～25℃，最高不能超过 30℃，夜间温度前半夜 12～15℃，后半夜 10℃左右。西葫芦喜温、不耐低温，但又需要有一定的昼夜温差，最理想的昼夜温差在 10℃左右。夏季高温季节前后通风的同时，要设置遮阳网遮阳降温，保持适宜其正常生长的温度。

（2）湿度的调控　西葫芦缓苗期要保持较高的土壤湿度和空气湿度，因此定植后立即浇缓苗水，使空气湿度达到90％～95％，防止秧苗萎蔫。缓苗后可以适当降低湿度，土壤相对湿度保持在70%～80%，空气湿度维持在80%～85%，遇阴雨天等不良天气时，更要注意尽量降低棚内的湿度。进入结果期，白天湿度保持在70%～75%，夜间80%～85%，浇水后土壤水分蒸发是造成空气湿度大的主要原因，尤其浇水后连续数日湿度达饱和状态，是夏季发生细菌性病害的重要条件。

（3）控制光照　西葫芦耐弱光性较强，冬季弱光条件下，能获得较高的产量，但为了增加光照以提高产量，可通过拉揭和放盖草苫等覆盖物的早晚，争取每天达到8～10h的见光时间，还可通过棚膜防尘，张挂反光幕等增加光照强度，延长光照时间。冬春季节遇连阴雨雪天气时，只要棚内温度不低于20℃，均可揭开草苫，若温度过低，可在午后进行短时间的揭苫见光和通风，有条件的可安装日光灯和植物钠灯。连续阴天突然见光时，要拉"花帘"，防止植株突然见光后叶面蒸腾作用强，但根部吸水能力低而造成植株萎蔫死亡。

64. 冬天西葫芦日光温室什么时间放风好

在西葫芦日光温室中，晚上会积累较多的二氧化碳，这主要是由土壤中的有机质分解而释放出来的，也由西葫芦的呼吸作用而产生一部分。因冬天傍晚日光温室关闭，会使晚上棚中的二氧化碳积累到很高的浓度，通常有机肥充足的棚可达1500ml/m³，甚至更高，这个浓度是空气中二氧化碳的5倍。所以充分利用棚中的这些二氧化碳供应光合作用的需要，会使光合产物数量大幅度提高，明显增加西葫芦产量。这就要求菜农注意不能过早地放风，以免使棚中的这些二氧化碳逸出棚外，白白跑掉。据研究，拉开棚上的草苫后，在良好的光照条件下，棚中积累一夜的二氧化碳，可供棚中西葫芦1h左右的光合作用的需要，所以即使温度条件适宜放风，在拉开棚后1h之内也不要放风。过早放风会使部分二氧化碳扩散到棚外，其实是减少了光合产物的生成量，该得到的产量没得到。

如上所述，拉棚见光后，棚中的二氧化碳只够1h所需，如果

1h后还不放风，棚中的二氧化碳已耗尽，则光合作用会停止。即使光照条件再好，也没有光合产物生成，白白地浪费了上午的大好时光，所以只要温度条件适宜，在拉棚1h后，就应立即放风，使棚外空气中的二氧化碳早进棚，使西葫芦的光合作用连续地进行。所以拉棚1h以后不放风是完全错误的。有时为棚外温度较低时维持适当的棚温，可以把放风口由小而大地分段放开。

65. 越冬西葫芦如何应对阴雨雪天气

　　冬季阴雨雪天气，会造成保护地低温、高湿、寡照等不利于西葫芦生长发育的环境条件，尤其是连续几天的低温阴雾天气会给越冬西葫芦造成很大的危害，发生低温冷害的棚室西葫芦轻者植株生长停止，化瓜，形成花打顶；重者植株萎蔫死棵，提前拉秧。对于这种情况要尽可能地创造适宜西葫芦生长发育的条件，把损失降到最低。

　　(1) 防寒保温增加光照　冬季要注意收看天气预报，当寒流和阴雨雪天气到来之前，要严闭棚室，夜间加盖整体浮膜（即盖草苫后，再覆盖一整体薄膜），棚室后墙和山墙达不到应有厚度的，可在墙外加护草及薄膜等加强保温。必要时向阳面的棚室底角夜间增盖一层草帘以提高棚室内夜间的温度，甚至在严寒季节可以在棚前脸加盖麦草或其他覆盖物以加强保温。

　　只要不下雨、不下雪，都要坚持拉开草苫，利用微弱的散射光增加棚内温度，补充光照，使西葫芦植株进行光合作用，避免西葫芦植株长时间处于黑暗状态造成根、茎、叶生长严重失衡。此外还要经常清扫日光温室棚膜表面，增加棚膜透光率，增强西葫芦植株的光合作用。

　　为了保温，阴雨雪天气时一般情况下不放风，但当棚内空气湿度超过85%时，可在中午前后短时间开天窗，小放上风排湿。每天拉开草苫时间的长短可根据棚温的变化而定，揭开草苫后，若温度下降，应随揭随盖；若温度稍有回升，可以在下午2～3时以前把覆盖物重新盖好。在阴天时要尽量减少出入棚室的次数，尽可能保持棚温。

持续阴天时间过长，就应在棚内设置灯泡提温增光。可在棚室中间，每间设置灯泡一个，若遇上雨雪天气，上午不能拉开草苫，应打开灯泡，若夜温过低，可在下午 5 时左右将灯泡打开，到夜间 10 时左右关闭，可有效提高棚温 2～3℃。

（2）预防病害发生流行　很多种病害都是在低温、高湿的条件下发生流行的，所以阴雨雪天气时降低棚内湿度成为预防病害发生流行的最主要手段。在棚内温度低不宜进行通风降湿时，可通过田间撒施草木灰的方法吸湿，降低棚内湿度，减轻病害的发生。病害发生后不宜采用喷雾的方法防治，应采用熏烟或喷粉尘剂的办法进行防治病害。

使用滴灌对西葫芦进行浇水、施肥，能大大降低棚内湿度，减少病害的发生。

66. 冬季连阴天过后如何对西葫芦进行管理

当连阴天过后，天气转晴时，不要急于一下子将草苫全部拉开，要避免植株在阳光下直射而造成西葫芦植株萎蔫，要采取揭"花帘"的方法逐步增温增光，对受强光照而出现萎蔫现象的植株及时放草苫遮阳，并随即喷洒 15～20℃的温水，同时注意逐渐通风，防止闪秧闪苗。若保护地使用了卷帘机，可以通过分次拉帘的方法拉帘见光，即第一次先拉开 1/3，不出现萎蔫时再拉起 1/3，第三次才将棚全部拉开，让西葫芦有一段适应过程，防止急性萎蔫发生。

另外，若出现了受冻植株，可先通过喷温水（温度不能太高，可以掌握在 10～15℃，根据当时的具体情况而定，受冻严重时，水的温度要稍低）的方法进行缓解后再用爱多收 6000 倍液或纳米磁能液（由达到纳米级程度的中草药等粹取液提炼而成，含有硼、钼、锌、铁、铜、镁等微量元素）2500 倍液进行叶面喷洒，以促进植株生长加快。

不良天气时坐下的瓜纽即使没有焦化，也会因营养不良出现大批畸形瓜，可适当摘除一部分，同时对出现的弯瓜可以用吊小砖瓦的方式使其变直，提高瓜的品质。

当西葫芦出现了花打顶时，可以适当疏掉一些幼瓜，以利枝蔓伸长。另外，喷施植物生长调理剂丰收一号，也有利于增强西葫芦植株机体恢复能力。丰收一号作为一种高效药肥，在山东寿光地区已经被广泛认可，被越来越多的菜农所接受。实践证明，丰收一号具有以下功能特点：①激活细胞活力，增加叶绿素含量，保花保果，改善品质；②迅速缓解药害、肥害、冻害、激素中毒；③生根壮根、抑制线虫、抗寒抗旱、抗病、增产，消除小叶、黄叶等缺素症。

连阴天后，西葫芦的根系会受到不同程度的伤害，就会降低其对水分养分的吸收能力，因此天气转晴后，可以喷施海天力（其主要成分为海洋生物成分壳聚糖，是由虾皮、蟹壳中提取出的甲壳素成分）、爱多收等叶面肥，增加营养元素，也可以用甲壳素等灌根，补充营养，促进新根生成。

67. 怎样减轻大雾对西葫芦的影响

我国北方冬季经常出现大雾天气。只要有雾，日光温室中的西葫芦生长发育就受影响，特别是连续的大雾天气，严重影响日光温室西葫芦的产量和品质。

（1）改善光照条件　在有可能的情况下，用人工补光。由于大雾天气仍有散射光可供西葫芦利用，所以只要温度条件许可，仍应及时揭盖草苫，让西葫芦见光。即使温度较低的时候，也不能连续几天不揭草苫，应在中午短时间揭草苫子让西葫芦见光，防止长时间在黑暗环境中捂黄叶片。

（2）及时喷施药物防治病害　在喷药时，加入0.2%磷酸二氢钾和有机钙、锌、铁等叶面肥，补充植株的钾、钙素等供应，解决根系吸收障碍，防止植株缺乏上述肥料元素导致的症状发生。同时，可增加细胞液的浓度，增强植株的抗寒能力。

（3）喷施药物促生长　寒冬每20天喷施硕丰481（芸薹素）

的 10000 倍液 1 次，促进光合作用，增强植株抗寒力，促进根系的生长发育。

（4）拉盖草苫　连续大雾天突然变晴后，应在中午光照过强时，"隔一盖一"盖上草苫，下午再揭开，防止光照过强导致叶片萎蔫以及泡泡病的发生。

68. 如何采用棚中棚防连阴雨雪天气造成的低温冷害

深冬，日光温室西葫芦很容易受冷受冻遭受损失。如果出现连阴雨雪天气，气温会下降 10℃ 左右，如果持续时间达 3 天以上，就会造成室温一直下降，致使温室西葫芦发生冷害或冻害。防冻害冷害的办法很多，"棚中棚"是办法之一，该方法不用耗能加温，可以反复利用。

棚中棚即在原温室中再设一个简易的塑膜棚，犹如暖水瓶的内胆，利用空气绝热性能好的特点，使"内胆"的温度不至于过低。通常会比一般的棚温高出 3～5℃。在棚外－10℃ 以上，一般棚中温度因数天连阴天已降到 5～8℃ 时，棚中棚高出的 3～5℃ 就显得特别珍贵，对于西葫芦度过连阴雨雪天的低温时期是至关重要的。在多数情况下，可使西葫芦渡过连阴天的低温难关。

"棚中棚"即在温室中的东西南北及顶上以塑膜围成一内胆型简易棚。上面借助棚内用于吊西葫芦的钢丝为依托，在钢丝上面设东西向塑膜为顶部，高约 2～2.5m，多以三幅塑膜组成，两行水泥柱间用一幅，每幅宽度以水泥立柱间隔为标准，宽为 2.5～3m，以便用结合部绕过水泥立柱。三幅塑膜间以夹子夹牢，形成顶部。东西两边以顶部的三幅膜延伸斜下垂组成，下边以土压住，中间以夹子夹住，形成在距东西两墙内侧约 0.5m 的棚中棚"东西墙"。其南北两面，以粘接好的膜组成上与顶膜连接夹牢或与顶部的一幅粘结为一体，斜下垂以土压严。后部的膜要垂下在立柱以南，下部以土压好。这样，就建成了由顶部及南北东西五面组成的内胆式棚中棚。

设置棚中棚应注意以下几点。①棚中棚一般是急用现设，需早有打算，备好膜和夹子。一旦天气预报有连续的低温阴雨天气就可设棚。设早了会因遮挡了进棚的光线对西葫芦不利。但不能在棚温大幅度下降后再设，要趁天气晴好棚温较高时进行，最好在阴雨大降温的前一天设好。②设置棚中棚还要注意四周的膜不紧贴在日光温室前膜上和东、西、北3面的墙上，有利于维持内棚较高的温度，以充分利用两棚中间的空气的导热性差的特点，增强保温效果。③膜与膜之间一定要用夹子夹严，下部一定要把土压严，勿使空气流通，造成热量散失。④棚中棚多设在严冬时节，遇到连阴降温时用，平时不要用，以免西葫芦棚中光照被其削弱及增加诸多管理不便。

69. 西葫芦定植前如何整地施肥

西葫芦的根系发达，入土比黄瓜深，植株生长势强，且系多次采收，故定植前整地时一定要考虑上述因素。如定植到日光温室的垄上，上面又覆薄膜，将来的采收期内追肥不容易，就更应该结合整地将肥施足。一般是将准备定植西葫芦的地块深翻30cm，每亩计划施有机肥（一般选用腐熟鸡粪）$6m^3$，用其中的$4m^3$普撒一遍，再次深翻、耙平。按行距要求放线、做垄，做垄前将剩下的$2m^3$有机肥均匀地施入垄下（图4-1）。也有的在做垄时，结合施有机肥，每亩施入过磷酸钙50kg（或磷酸二铵20kg）、硫酸钾30kg、微量元素肥1～2kg，然后浇水。到能进入时，在垄上覆上宽1.4m、厚0.01mm的地膜，待定植。

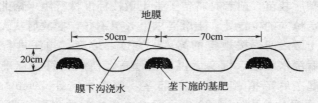

图4-1 日光西葫芦大小行起垄模式

施底肥时肥土要均匀，深浅要一致。施肥不论多少，也不管有机肥或无机肥，一定要与土壤混合均匀，深度达到30cm以下，以防烧根烧苗。另需特别注意的是，有机肥一定要腐熟透，特别是鸡粪一定要提前发酵，如果时间短，可用塑料薄膜覆盖法进行快速发酵，快速发酵者，施用前要充分晾晒，以防氨气中毒。不发酵的鸡粪要少施或不施。

对于连作障碍严重的温室土壤要增施微生物菌肥。大量生产实践证明，通过增施微生物菌肥，既能提供作物生长所必需的营养元素，又能达到以菌治菌，以大量有益菌占据土壤微生物的主导地位，逐步改良土壤的目的。

70. 日光温室西葫芦垄栽有哪些好处？如何起垄

传统的西葫芦栽培一般都是采用畦栽。在长期的实践中，寿光菜农发现，日光温室西葫芦畦栽不但病害严重，而且较垄栽管理费事。通过不断地摸索，普遍认为垄栽比畦栽好，主要是因为：起垄栽培具有能加厚熟土层、营养集中、土质疏松、通透性好、土壤昼夜温差增大等优点，这些优点对西葫芦的幼苗生长和根系生长都非常有利。起垄栽培还有利于排水、灌水。起垄栽培克服了平畦栽培涝时排水难、旱时要大水灌的不良栽培方式，避免了土壤板结影响幼苗的生长及根系发育。起垄栽培还能改善通风透光条件，提高光合能力，增加干物质的积累。起垄栽培也较平畦方便，省工、省力，还有利于盖地膜和进行吊蔓及植株调整。

起垄的方式有两种，一是先放苗后培土，自然形成栽培垄，二是先起垄后栽苗。前者是将苗子带土墩按标准株行距（南北行）先蹲放在定植穴的位置处，土墩要求上齐下不齐，摆放后从大行内取土培至土墩之间，按规定的高度、宽度、坡度、沟深进行仔细修正，然后浇水漫灌，沉实后再松土修正，便成为符合标准的栽培垄。先起垄后定植者，大小行起垄，要求大行距70cm，小行距50cm，垄平均高度15～20cm，形成内高外低的斜面，覆盖地膜，小行下形成膜下暗沟。暗沟两侧各栽一行西葫芦，实行三角形栽植，株距45cm左右。起垄模式见图4-1。

71. 让西葫芦多开雌花的方法有哪些

（1）化学法　栽培西葫芦时，当瓜苗长到 3～4 片真叶时，用 150mg/kg 乙烯利喷洒植株后，每隔 10～15 天喷 1 次，共喷洒 3 次，可以增加雌花，减少雄花，提早成熟 7～10 天，增加产量 20%。

应用乙烯利控制西葫芦雌雄花需注意的几个问题。①必须与栽培措施相结合。应用乙烯利处理瓜西葫芦固然能多开雌花多结果，但在肥水条件不能满足时，其瓜形小，结瓜率低，并不能获得高产，因此应用乙烯利后要加强肥水管理，促进植株生长良好，方能达到增产的目的。②把握好使用时期。乙烯利应用时期至关重要，其使用最适时期取决于西葫芦的发育阶段和应用目的，宜早不宜迟。乙烯利用于瓜类诱导雌花形成，必须在幼苗期喷施，西葫芦为 3～4 叶期，过迟用药，则早期花的雌雄花已定，达不到诱导雌花的目的。③注意用药浓度和使用部位。乙烯利使用的浓度不能过高或过低，一定要按照使用说明书操作，否则不但不能增产，还会造成其他不良结果。使用部位一般为幼苗期叶面喷施，喷洒过程中不要重复喷。在西葫芦上应用乙烯利处理时，喷施过的植株雄花减少，故一定要留少量植株不喷施，以利授粉结瓜。

（2）遮光处理　西葫芦是短日照作物，缩短光照能使雌花增多。具体做法是：在西葫芦花形成前，利用黑纸、草帘等物搭在棚架上遮阳，把每天的日照控制在 8～9h 之内。

（3）增湿增氮法　西葫芦种在相对湿度为 80% 的土壤中，要比种在相对湿度为 40% 的土壤中产量高 1 倍多。在西葫芦早期发育中提供充足的氮肥，也可以增加雌花的数量。

72. 日光温室西葫芦怎样才能做到巧管花、多结瓜

（1）精心管护，实施人工授粉　西葫芦的第一个花一般是雌花，第二个花一般是雄花，雌雄花开花一般在早晨 6～8 时，上午

9～11时可见雄花粉散开，也是授粉的最佳时段。授粉时，首先应察看雄花是否产生了花粉，可用手指抹一下雄花花蕊，发现手指尖上有黄粉末，那就是有成熟的花粉，然后将雄花取下，去掉花瓣，对准雌花的柱头轻轻摩擦，使柱头受粉均匀，否则容易长成畸形瓜。

（2）把握恰当时机，巧用激素抹花 在空气湿度相对较大或是棚室内没有雄花，而且每个枝蔓的叶腋都生雌花，这种情况即1叶1瓜。此时就需要用激素处理坐瓜。现在常用的坐瓜用激素，主要是2,4-D或保果宁（主要成分为生长素、杀菌剂及红色素）等。

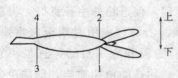

图4-2 西葫芦激素涂抹瓜顺序

1、2、3、4分别表示第一笔、第二笔、第三笔、第四笔

使用激素涂抹幼瓜，要选择晴天上午9～11时进行涂抹。注意涂抹方法，一般情况下最好的方法是涂抹幼瓜的两头和花蕊，用一支毛笔蘸药，一瓜一蘸，第一笔先抹开花端下面，第二笔再涂抹开花端的上面，第三笔抹瓜柄端的下面，第四笔抹瓜柄端的上面。抹瓜顺序见图4-2。激素涂抹幼瓜时应做到根据幼瓜生长定势，观察其形状，因瓜而定，大头瓜抹小头，弯瓜抹里面。

另外要注意：一是激素使用时，温度高时使用的浓度要低些，低温时浓度配比应稍大些；二是西葫芦的瓜秧长势旺，用药浓度应大，长势弱时，浓度要小些。在激素使用时，应加入适量的红、蓝、黑颜色，作为一种有色标记，用来区分蘸花与否（一朵花只可涂抹一次，不应重复或多抹）。涂抹的最佳时间应当在雌花开放时和前一天，但是应提醒一下，不要在阴雨天和下午进行，因为一是效果不好，二是坐果率太低，还特别容易生长成畸形瓜。

生产上可用安全性好的保果宁代替2,4-D涂抹幼瓜。一是保果宁不易发生毒害和畸形瓜；二是保果宁本身含有防治灰霉病的药物成分，不仅用后能促使蘸花后早坐瓜，还能防治灰霉病。

73. 西葫芦定植后半月内重点做什么

西葫芦定植后的半月内，是培育壮棵的关键时期，此期内如管理措施跟不上，很容易导致刚定植后的西葫芦秧苗出现旺长、抗病抗逆能力差或生长衰弱、出现死棵等现象。因此，此期内应加强管理，培育出健壮棵，才能为西葫芦以后的优质高产打好基础。

（1）定植后调控棚内环境，促其尽快缓苗　西葫芦定植后，应调控好棚内的温湿度，促其尽快缓苗。一般情况下，白天应将温度控制在26～30℃，夜间应将温度控制在15～18℃，如天气不是很热，应尽量关闭温室风口，保证棚内的空气相对湿度在80%以上，以防止刚定植的西葫芦失水萎蔫。当棚内温度超过30℃时，应将棚顶的放风口拉开，逐渐将温度降至其适宜的温度，切忌放底风，以免植株失水萎蔫，甚至枯死。一般经过3～4天后，新根生成，可完成缓苗。缓苗后应逐渐加大放风，把棚内温度降至白天25～30℃，夜间15～18℃。当白天棚内温度超过35℃时应在棚顶设置遮阳网遮阳，以防秧苗在长期温度较高的情况下出现旺长现象。夜间当棚内温度超过18℃时应采取放底风的方法拉大昼夜间温差，以利于培育壮棵。

（2）缓苗后控制肥水，适当蹲苗　西葫芦缓苗后，要控制肥水，适当蹲苗。一般瓜类定植时施足肥水后，至坐瓜前这段时间无需浇水施肥，若棚内土壤干旱确需浇水时，应在沟内浇小水，切忌大水漫灌。原则上在此期内不施用肥料，若生长过弱时，可每亩地冲施15～20kg复合肥或80～100kg鸡粪提苗，切忌单施氮肥，以免造成植株旺长影响坐瓜。若定植后出现旺长并通过调节放风、肥水等措施不能控制时，可用爱多收6000倍液或助壮素800倍液叶面喷洒，或二者混用，以促进秧苗转向健壮生长。

（3）吊蔓前用药物灌根1次，防治死棵　西葫芦缓苗后要加强中耕，增加土壤的透气性，促进根系的生长发育。可在中耕后每株穴施生物肥50～80g，因生物肥能改良土壤结构，增强土壤肥力，防止土传病害的发生。也可在吊蔓前用72.2%的普力克（霜霉威）

可湿性粉剂 600 倍液灌根 1 次，以防止植株的根部病害，避免死棵。需特别注意的是，施用生物肥和药剂灌根应有一定的间隔期，不能同时进行，以免生物肥中的生物菌被杀菌剂杀死，失去原有效果。

74. 为什么日光温室西葫芦提倡吊蔓栽培

（1）吊蔓的好处　①及时吊蔓预防西葫芦倒伏，可避免茎蔓产生机械损伤。西葫芦主蔓生长到 40cm 以上时，就会因为结瓜不均、重量分布不均而引起植株倒伏，容易使植株叶柄及茎蔓产生机械损伤，影响植株对各种营养物质的运输功能，使叶片制造的营养物质不能顺利地运输到果实，影响西葫芦的膨果，导致西葫芦严重减产。因而，在株高 40cm 左右就应及时吊蔓。②有利于植株的通风见光。及时吊蔓，使西葫芦长势一致，避免植株倒伏后造成田间郁闭，减少病虫害的发病概率，便于管理。③及时吊蔓可以保持植株的顶端优势，有利于植株生长健壮，促进坐瓜能力的提高；还可使瓜条多见光，提高瓜条的商品性，避免瓜条触地造成烂瓜严重，所以要及时对西葫芦进行吊蔓。

（2）具体操作方法　当植株长到 8 片叶时开始吊蔓。在每行植株上端按南北向拉一铁丝，并向每个植株拴一条尼龙绳下垂至根部，将绳系在西葫芦的茎上（用一活扣固定在植株上，上端用活扣系在铁丝上并应多余一部分，以便后期落秧时随秧一起下落），使吊绳与茎蔓相互缠绕在一起即可，随植株生育期变长，植株也应进行适当的落蔓，吊蔓栽培可以充分利用阳光，增加叶片见光面积，提高植株下部的见光面积，改善通风透光条件，同时有利于喷药和进行其他生产操作，避免损伤叶片、叶柄。见图 4-3、书前彩图4-1。

在使用尼龙吊绳吊蔓时，还要注意用绳绑在茎蔓距离生长点4～5 片叶的地方，以防绑的靠近生长点，吊绳将幼嫩的茎蔓勒伤。

通过吊绳可调节瓜秧的长势，当出现徒长而坐瓜困难时，应将生长点向下弯曲，当瓜秧偏弱生长时，可将生长点夹在吊绳缝中让

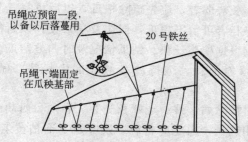

吊绳应预留一段，以备以后落蔓用

20 号铁丝

吊绳下端固定在瓜秧基部

图 4-3　日光温室西葫芦吊架引蔓方式

其直立生长，另外，不论瓜秧高矮是否一致，通过吊秧、盘秧等措施，要使瓜秧的生长点由南到北成为一稍微倾斜的斜线，达到北高南低，相差 20cm 左右，以使受光均匀，产量一致。通过铁丝及吊绳的来回摆动，调节植株的株距及行距，做到合理摆布，充分见光，争取最高产量。

所用吊绳必须选择抗老化的聚乙烯高密度塑料线，保证全生育期不老化，否则，一旦因老化而折断，将造成损秧毁叶，影响产量。

75.　日光温室西葫芦如何进行植株调整

（1）吊秧和落蔓　温室栽培西葫芦，定植密度大且生长周期长，为保证植株受光良好，必须进行吊秧，将吊绳系在茎蔓基部，随着茎蔓的生长，使吊绳与茎蔓互相缠绕在一起即可。为便于管理，应使茎蔓龙头高度一致。茎蔓长高后还应注意落蔓，以防瓜秧过高，影响温室内光照条件。春分以后气温升高，通风量增大，可揭去地膜，进行埋秧，把摘去老叶后落地的茎蔓用土埋压，埋秧应以根际处为圆心，向同一方向，行圆形压蔓。埋秧可促使茎蔓发不定根，吸收肥水，利于后期壮秧丰产。

（2）合理疏花　在西葫芦的生长期，雌花和雄花非常多，要疏掉部分雌花，雄花全部疏掉，必要时可以疏果以减少养分的消耗。疏除雌花要在它刚刚显露时疏之。疏除雌花数量的多少，应依据秧蔓长势而定。长势弱者，应先疏除根瓜，以后再每三节左右留一雌花，秧蔓长势壮者可留下根瓜，但应及早采收，以后每两节左右留一雌花。并应根据秧蔓长势、结瓜情况及时调整留瓜多少，尽量减少不必要的营养消耗，维持秧蔓健壮的生长势，做到留一瓜成一瓜。

（3）及时摘除病、残、老叶及侧芽、卷须　西葫芦叶片大，叶柄长，易互相遮光，因此应将病、残叶及下部枯黄老叶尽早摘除，以免引发病害和消耗养分。摘叶要从叶柄基部掰除，不要用剪刀剪叶，以免传染病害。要注意西葫芦摘叶不宜过多，一株西葫芦一般以保留 12～15 片叶为宜。西葫芦以主蔓结瓜为主，及时除去侧芽，以保证主蔓的生长。但是，如果主蔓雌花数量较少，可在侧枝雌花刚刚显露时，雌花以上留 1 片叶摘心，让其结瓜，提高产量。卷须生长也消耗养分，最好在刚刚显露时摘除。采瓜和去老叶，造成茎上伤口，应及时用多菌灵、甲霜铜或绿亨 1 号（恶霉灵）等药喷茎或涂抹，以防病菌侵染。

（4）植株更新　温室栽培西葫芦，生长期长，后期植株进入衰老期。若主蔓老化或生长不良，可选留 1～2 个侧蔓等其出现雌花后，剪去原来主蔓，以促侧蔓结瓜。

76. 日光温室西葫芦怎样进行人工授粉

日光温室西葫芦栽培中，由于温度低，花粉发育不良，而且昆虫少，传粉不足，造成雌花不能授粉、受精。另外，春季地温偏低，使细苗生长不良，容易形成瘦弱株。日光温室西葫芦雌花子房小，营养不足，发育不良，容易落花落瓜。因此，必须实行人工授粉，才能促进西葫芦正常结瓜。

人工授粉应选择在晴天上午 9～11 时进行。首先搜集当天盛开的雄花的花粉，即用剪子把正在开放的雄蕊剪下，集中放在玻璃培养皿内或干燥的小碟中，然后用毛笔取混合的花粉轻轻涂抹在盛开的雌花柱头上。另一种人工授粉的方法更为简单，即将雄花用手采摘下来，撕去花瓣，把整个雄蕊直接对放在雌花上，让花粉粒自然大量地落在雌花柱头上，这种方法在有些地方俗称"对花"。

进行人工授粉往往遇到雌花多、雄花少的问题，有时植株先开雌花后开雄花，所以人工授粉应节约花粉，可用一朵雄花为 3～5 朵雌花授粉。授粉后第二天下午，如果雌花花柄弯曲下垂生长，子房前端开始触地，说明授粉成功。否则需要重新授粉。

如果雄花过少，应采取激素催雄。采用九二〇（赤霉素）喷幼苗能使植株产生大量雄花。方法是：在植株长到一叶及二叶（指真叶）期分别向幼苗生长点喷洒九二〇，其浓度是每克（含量85%）兑水 25kg。所喷植株占全棚植株的 5%左右即可，所喷植株最好选择温室门口的植株。

授粉时应特别注意以下两点：一是授粉的雄花花心应及时取出室外，防止因湿度大而感染灰霉病；二是轻度阴天或上午阴天下午晴天时要推迟授粉时间，有时中午授粉也能坐住瓜。

77. 如何用萘乙酸等配制西葫芦坐果剂？怎样使用

（1）配方　萘乙酸 5g＋赤霉素 0.5g＋瓜类膨大素（有效成分为细胞分裂素）5g＋硼砂 20g＋葡萄糖 50g＋水 500g 配制成原液。

（2）配制方法　用 20ml 白酒将萘乙酸和赤霉素分别溶化后混合，用少量水将瓜类膨大素和硼砂分别溶解后加入，最后加入葡萄糖水，充分混溶。这种方法配制的蘸花剂原液黄亮而不沉淀，易久存。

（3）蘸花剂使用　取配制好的原液 5ml＋磷酸二氢钾 10g＋尿素 10g＋水 500g，充分混溶后用毛笔蘸上点花。为了防治西葫芦花和幼果受灰霉病的危害，可在蘸花液中加入 5g 的速克灵（腐霉利）或扑海因（异菌脲），配成 0.1%的速克灵或扑海因药液，一并蘸花。

用这种蘸花剂蘸花的西葫芦，坐果率高而且生长快，在肥水条件良好，管理措施跟上，8～10 天幼果就能采摘上市，单果重 150～200g。

78. 如何正确使用益果灵防治西葫芦化瓜

（1）施用方法　西葫芦定植缓苗后，为使幼苗健壮生长，应及时摘除第一、第二个根瓜，弱苗应连同第三个根瓜一并摘除，后面的瓜胎出来时开始喷施益果灵（0.1％噻苯隆制剂），浓度为1mg/kg（30ml益果灵兑水30kg），下午5时后进行喷雾，每隔7～10天喷施1次，生长期连续施用。

（2）使用效果　①提高坐瓜率。早春保护地西葫芦喷施益果灵后，保花保果率达到90％以上，与2,4-D的保花保果效果相同。②提高果实发育速度。西葫芦施用益果灵10天后平均单瓜重比同等条件下用2,4-D蘸花的西葫芦增加20％以上。③提高商品率。喷施益果灵后西葫芦长得匀称，瓜条顺直，果实外观质量明显提高。用2,4-D蘸花后，大头、细腰等畸形瓜发生率约为20.5％，而益果灵处理后的畸形瓜率不超过3％。④提高产量。用2,4-D对作物蘸花时，其使用浓度受温度及环境条件影响较大，技术上要求严格，生产中不易掌握，且处理后产量明显低于喷施益果灵的产量。据调查，喷施益果灵的西葫芦，每亩比用2,4-D蘸花增产达30％以上。⑤降低劳动强度及生产成本。采用人工授粉或用2,4-D蘸花，必须在花开后2h内进行，否则达不到保花保果的目的，而且劳动强度大、费工费时；而使用益果灵只需每隔7～10天在17时后喷施1次即可，简单易行、省工省时，降低了生产成本。⑥提高抗病性。据观察，喷施益果灵后，西葫芦常见病害很少发生，从而减少了农药的使用，节约了成本。

（3）注意事项　使用益果灵时应注意以下几点：一是要严格掌握使用浓度，浓度不能随意增加或减少；二是配药时一定要用中性水，必要时用纯净水；三是在施用时雾化要好，喷施要均匀，不要重复喷施；四是不能与其他农药、化肥及调节剂混用；五是要和水肥等其他管理措施结合起来，否则将影响药效的发挥。

79. 什么是日光温室西葫芦熊蜂授粉技术

西葫芦熊蜂授粉技术能解决在保护地封闭条件下因缺乏风媒、虫媒情况下的授粉问题。使用熊蜂授粉与使用激素蘸花都能起到能促进西葫芦坐果增产的效果。西葫芦熊蜂授粉技术的优点在于使用熊蜂授粉不仅方法简便、省工省力，还能提高果实品质，增加产量，特别是能大幅度降低畸形果率。

（1）熊蜂的种类　商品熊蜂分为两类，一类为非供养熊蜂，蜂箱内存有充足的液态糖源，使用者不需供给养料；另一类是标准系统熊蜂，使用者可以通过控制液态糖源供给来提高熊蜂的授粉效果。

（2）蜂箱有两个开口　一个是可进可出的口 A，另一个是只进不出的口 B。正常作业时，可封住 B，打开 A，允许熊蜂自由进出。当喷药时，可挡住 A，打开 B，使室内熊蜂全部回到蜂箱，以免药害。

（3）使用方法　蜂箱要轻拿轻放，置于凉爽处，离地面 50cm 高。开始使用 1h 内打开蜂箱两个口，熊蜂工作时会在花瓣上留下肉眼可见的棕色印记（称为"蜂吻"）。在西葫芦盛花期，一般每亩放 25～30 只熊蜂，使用 2 个月后更新。熊蜂对高温敏感，可在上午于蜂箱两侧和顶部放置一块浸透水的抹布，每隔 2～3h 淋一次水。

（4）注意事项　①防止蜇人：避免强烈振动或敲击蜂箱，工作人员不要穿蓝色衣服，不要用香水等化妆品，以免吸引熊蜂。②合理使用农药：黄昏蜂回箱时把箱移出温室后施药，2 天后再放回原地。严禁施用具有缓效作用的杀虫剂、可湿性粉剂、烟熏剂及含有硫黄的农药。

80. 西葫芦如何控"旺"促"壮"

（1）控制温度　25℃是西葫芦温度管理的上限，若超过该温度西葫芦易旺长。西葫芦结瓜前期白天生长发育适温 18～22℃，夜间温度 8～10℃。西葫芦开花结果期适温为 22～25℃，夜间温度 12～14℃。若超过 25℃，西葫芦开花结瓜不良甚至化瓜，使得营养大量供应茎蔓生长而发生旺长。因此，秋延茬或越冬茬西葫芦管理上应进行控温管理，而不是提温促棵，如应加强通风，切勿将前脸放风口过早关闭等。

（2）控制湿度　西葫芦喜湿又耐旱，土壤湿度过大易造成植株旺长。西葫芦定植缓苗后，管理上以控水促根为主，若土壤不过于干旱，结果前就不要急于浇水。当然若植株缺水萎蔫，则应"溜浇小水"，确保植株正常生长，切不可大水漫灌，造成植株旺长。同时，西葫芦根瓜坐住后的第一水水量也不可过大，过大易造成化瓜，进而导致植株旺长，为促使生殖生长的顺利进行，可采用"浇小水"的方式进行浇灌。

（3）有选择性地控肥　西葫芦进入结瓜期后，需求钾肥的量大，因而在冲肥时要注意高钾肥料的使用，不可过量使用高氮肥料，以免氮肥过量而造成植株旺长。

（4）通过坐瓜及采瓜来调节植株的长势　一般来讲，浇水是在采瓜以前进行的，这样做有两大好处：一是增加了瓜条的重量；二是不容易使植株因徒长而坐果难。另外，瓜秧特别旺时，可同时单株留瓜3～4条（该品种具有多条瓜同时生长的特点），并适当推迟采收（采大瓜）；如果瓜秧生长偏弱时，可留单瓜生长，并及时采收。遇特殊情况出现花打顶现象时，应及早将顶端幼瓜去掉，保证正常的生长优势。

（5）防止西葫芦旺长也可使用激素进行调节　但不可过量使用，特别是多效唑更不宜连续多次使用。其正确的施用方法是：缓苗后5～7天，用15％的多效唑1500倍液喷洒植株，但不要单喷生长点，调控植株长势。西葫芦根瓜坐住后，再用15％多效唑2000倍液喷施植株进行控制，促花保果。

81. 日光温室前脸处的西葫芦为什么要重点管

西葫芦日光温室前脸处是日光温室内温度最低的地方，也是湿度最高的地方，在深冬期尤甚。低温和高湿常导致此处的西葫芦生长不良、病害多发。因此，冬季尤其是深冬季期一定要做好日光温室前脸处西葫芦的管理，以免此处西葫芦出现冻害，或发生病害成为整个西葫芦日光温室的病源。

（1）棚外挖防寒沟御寒　由于日光温室前脸处保温效果较差，

西葫芦常常长势不佳。因此，要管好日光温室前脸处的西葫芦，首要的任务是做好保温工作。除了加厚草苫、覆盖浮膜等常规的保温措施外，最重要的措施是采取防寒沟御寒，这是深冬期避免日光温室前脸处乃至整个日光温室温度降低的一项重要措施。防寒沟的设置简便易行，成本低廉，即在温室前沿 20cm 处挖 40cm 宽、50cm 深的沟，沟内填充干燥的玉米秸秆、麦穰、杂草等。可以阻断土层之间的热传导，减少棚前土壤热量的散失，可使棚温升高 2～3℃，可别小看了这 2～3℃，有时候它是西葫芦种植成败的关键。尤其在深冬期，关键时增加 1℃，都可能使西葫芦免受冻害。

（2）棚前湿土要注意用薄膜盖好　深冬期日光温室通风受限，湿度较大，棚膜上的雾滴常汇流于棚前的土壤上，造成日光温室前脸处湿度大，一些喜低温高湿的病害常于此发生。因此，对于棚前的湿土，一定要谨慎处理，最好用薄膜盖好，并把汇流于此的水滴引流于膜下，以此来保持日光温室前脸处干燥的环境，使病害少发生或不发生，从而达到防病的目的。

（3）在管理上要开"小灶"　既然日光温室前脸处的西葫芦长势弱、易得病，那么在管理上我们就应该为其开"小灶"，如在喷药时要喷得仔细一些，把叶子的正反面喷匀，或在此处把喷头移动得慢一些，以增加喷药量。若棚前脸处的西葫芦长势特别弱时，可用爱多收 6000 倍液混云大 120（芸薹素内酯）4000 倍液叶面喷洒，每 7 天 1 次，连喷 2～3 次，效果较好。

82. 如何使用多效唑控制秋延西葫芦旺长

西葫芦根系发达，生长迅速且旺盛，易旺长。一旦发生旺长，容易造成开花结果不良或化瓜。特别是秋延茬西葫芦种植，高温的环境条件容易使西葫芦发生旺长。因而使用多效唑调控西葫芦的生长成了多数菜农控制秋延茬西葫芦旺长的必需措施。

当多效唑在植株体内积累过多时必然会造成激素中毒而危及西葫芦生长，同时其在土壤中的残留也会对下茬蔬菜产生危害。对于生长旺盛的西葫芦来说，使用多效唑控制生长是一种比较合理的方法，但用量需要适度。

秋延茬西葫芦定植后到结果前是其发生旺长的关键时期，此时除调控好棚室温度和控制好土壤湿度外，可采用 15% 的多效唑 1500 倍液喷洒植株，但不要单喷生长点，以起到控制植株徒长的作用。

西葫芦根瓜坐住后，进行浇水施肥，是植株发生旺长的第二个关键时期，可用 15% 多效唑 1500～2000 倍液喷施植株进行控制。

上述两个时期使用多效唑调控后，西葫芦一般不会再发生旺长情况。此间或此后若有的植株仍然出现旺长现象，可对这些植株单独用药进行控制，可用助壮素 750 倍液或矮壮素 1500 倍液进行喷施控制。

83. 西葫芦一概不摘叶的做法对不对

西葫芦本身茎叶含水量大，尤其是叶柄较粗，若摘除后伤口很难愈合。特别在深冬季节，日光温室内湿度大，病原物多，摘叶后会给病原菌的侵染创造很好的机会，所以西葫芦生长前期一般不摘叶。但西葫芦生长中后期，常出现叶片过多、相互遮阳的情况，加上深冬季节光照弱，制造的有机养分少而消耗多，影响了西葫芦的产量；下部叶片在喷药、摘瓜等农事操作中，容易踩踏、折断而腐烂，利于病害侵染发生。因此在西葫芦的生长中后期要适度摘叶。摘叶时需要注意以下几点。①视植株的长势摘叶。西葫芦摘叶不宜过多，以摘除下部叶片的 1/3～1/2 为宜，要视植株的长势和叶片情况而定。②去掉叶片后的单株最少应保持在 10 片成年叶以上，否则缓秧困难，瓜条畸形。③只去叶不去柄。叶片可全部或大部摘除，但要保留叶柄，因叶柄粗、脆，从基部摘除叶片，茎部容易出现大的伤口，不易愈合。④摘叶要在干燥的情况下进行。摘除叶片时最好要有几个连续的晴天，这样棚室内的环境较为干燥，不宜染病。⑤将去掉的老叶清出棚外深埋，防止病菌的传染。另外，摘叶后要及时喷用链霉素 4000 倍液或加瑞农（春雷霉素·王铜）600 倍液，提前预防细菌性病害的发生。

84. 日光温室栽培西葫芦应该怎样进行浇水

浇水是影响日光温室等设施内空气湿度的首要因素，如操作不当，会立即引起内空气湿度大幅提高，甚至达到饱和状态。因此在日光温室等设施内浇水时必须注意做到以下几点。

（1）根据日光温室西葫芦栽培特点浇水　在冬春低温季节，土壤温度较低，温室内湿度高，为防止地温降低、室内空气湿度增大而诱发病害，灌水最佳方法是采用膜下滴灌。滴灌具有不板结土壤、不破坏土体结构，土壤空隙度高，供水均匀，土温变化小，有利于西葫芦根系生长发育等优点。并且膜下滴灌又能能减少土壤水分蒸发和热量散失，降低温室内空气湿度，有利于防止西葫芦病害发生。如果没有滴灌设备可进行地膜下暗灌。切忌一次浇水量过大。一般浇水后能保持4～6天晴天，则基本不影响生长。

（2）根据温室内西葫芦生长发育规律与需水特点供水　苗期应适当控制浇水，避免幼苗徒长，影响花芽分化。坐果后，应加强供水，促进果实膨大，提高产量。

（3）根据室内西葫芦长势决定是否浇水　西葫芦在不同的水分条件下其长势表现不同。瓜叶偏大，色淡，卷须直立，节间拉长，生长点突出，则表明此时不缺水，否则，叶片变小，色黑，卷须盘圈，节间缩短，生长点萎缩，则表明此时植株缺水。瓜秧一旦发生缺水现象就应尽快浇水。

（4）根据天气情况浇水　日光温室浇水必须在晴天清晨6～9时进行，最迟要在上午10时以前完成。因为晴好天气时，上午9时之后是棚温上升最快的时候，到10时棚温可达到25℃以上。此时地温也不低于20℃。若这个时候浇水，井水的温度一般在16℃左右，井水温度比地温低得多，很容易就造成伤根、死棵现象。而早上刚揭开草苫时，棚温为13～15℃，地温为10～12℃。若此时浇水，井水的温度比地温稍高，就不容易造成浇水后伤根现象。

（5）要用井水灌溉　冬季水温低，除井水外，其他水温度都在0～4℃，这样的水，浇灌西葫芦，会引起地温急剧下降，伤害西葫芦根系，甚至引起冷害现象发生。而井水温度稳定，即便在严冬季节，其温度仍可达到 16℃左右。用这种水在清晨浇灌西葫芦，不会引起地温急剧下降。

（6）浇水之前先喷药防病害　浇水之前，应先细致喷洒防病药液天达-2116（复合氨基低聚糖农作物抗病增产剂）或纳米磁能液，保护西葫芦叶片、茎蔓、果实，以防灌水后湿度提高而诱发病害。

85. 冬春茬西葫芦冬季为什么主张浇温水？怎样获取温水

西葫芦与黄瓜一样对地温要求比较严格。西葫芦根的伸长温度最低为 6～8℃，最适宜为 32℃，最高为 38℃；西葫芦根毛的发生最低温度为 12℃，最高为 38℃。生育期间西葫芦的最适宜地温为 20～25℃，最低为 15℃左右。地温长时间低于 8℃时，容易发生寒根，如果同时土壤湿度也比较大，还容易引发根系腐烂。因此冬季浇水应慎重，不得大量浇冷凉水，最好浇温水，浇温水后不降低地温，相反却能适度地提高地温。

获取温水的方法如下。①利用深层地下水。深层地下水的温度较地面水的温度高，适合冬季温室内浇水，可利用水泵提取深层地下水进行浇水。②在温室内预热水。在温室内建一储水池，上用透光性能好的塑料薄膜覆盖，利用温室内的光照以及温室内多余的热量给水加温，使水升温。待池水温度升高好浇水。③太阳能预热水。在温室顶部安装 1～3 部太阳能热水器，将加热后温度适应的水储存于温室内的水池内，浇水时从池内提水即可。

86. 冬季日光温室内为什么不宜大水漫灌，怎样浇水好

温室内冬季浇水不宜大水漫灌的主要原因：一是明显降低地温，妨碍根系对养分的吸收，影响其正常生长；二是容易增加温室内的空气湿度，引发病害。

冬季温室浇水的适宜做法是：小水勤浇，浇暗水，选择晴天上

午浇水。

（1）小水勤浇　也就是每次浇水量要小，通过增加浇水次数来满足西葫芦正常的需水要求。小水勤浇的主要目的，一是保持温室较高的低温，二是保持西葫芦的正常生长需水。

（2）浇暗水　要坚持做到膜下暗灌，有条件的可实行膜下滴灌。这样可以有效地阻止地面水分蒸发，降低温室内的空气湿度，防止病害发生。

（3）浇水时间　最好选在晴天的上午进行，此时水温与地温比较接近，浇水后根系受刺激小、易适应，同时地温恢复快，可有足够的时间排除温室内湿气。午后浇水，会使地温骤变，影响根系的生理机能。下午、傍晚或是雨雪天都不宜浇水。

（4）升温排湿　在浇水的当天，为尽快恢复地温要封闭温室，提高室内温度，以气温促进地温。待地温上升后，及时通风排湿，使室内的空气温度降到适宜的范围内，以利于植株的健壮生长。

（5）提倡隔行浇水　即第一天浇2、4、6……行，第二天浇1、3、5……行。这样做不致使温室内地温一次性降低过大而影响生长。

87. 如何进行膜下滴灌浇水

（1）膜下滴灌的供水　①地下贮水池加微型水泵供水。对于每座日光温室，在日光温室外附近建 $5\sim7m^3$ 地埋式蓄水池，用机井集中向池中供水，滴灌时每座温室装微型水泵加压，并在滴灌首部装过滤器等。就整体计算，投资较大，但就每座日光温室来说易建易管。②地上贮水池重力供水。贮水池底部离地0.5米以上，不需用水泵即可进行滴灌，并且能提高池内水温。贮水池与地面之间的压力差，即池内水自身的重力，通过滴灌管直接供水。在滴灌首部装化肥罐和过滤器等。在温室内建一个蓄水池，不仅占用温室空间，而且投资大，操作又非常麻烦。③高塔集中供水。对于面积适中、温室集中、水源单一的地块，可选择用水塔作为供水的加压和调蓄设施，温室内不再另设加压设备。在水泵与水塔的输水管道上装过滤器等。建设水塔一次性投资较大，但运行费用低，还可起到一定调蓄水量的作用。

（2）膜下滴灌的应用　①滴灌毛管的选用。日光温室密植西葫芦，根系发育范围较小，对水分和养分的供应十分敏感，要求滴头布置密度大，毛管用量多，因而毛管选用价格较低的滴灌带，可有效地降低滴灌造价，且运行可靠，安装使用方便。②膜下滴灌的布置。在滴灌进棚前，应顺棚跨起垄，垄宽40cm，高10～15cm，做成中间低的双高垄，滴灌带放在双高垄的中间低凹处，垄上覆盖地膜。双高垄的中心距一般为1m，因而滴灌毛管的布置间距为1m。滴灌毛管的每根长度一般与棚宽（或棚长）相等，对需水量大的西葫芦有时也布置两道。支管布置一般顺棚的后墙长度与棚长相等。在支管的首部安装施肥装置和二级网式过滤器等。见图4-4。

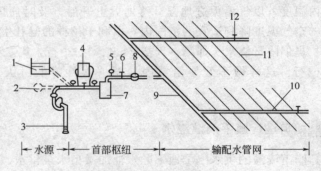

图 4-4　滴灌系统组成

1—储水器；2—供水管；3—水泵；4—施肥器；5—压力表；
6—阀门；7—过滤器；8—水表；9—干管；10—支管；
11—毛管；12—冲洗阀门

（3）膜下滴灌的管理　①规范操作。要想达到西葫芦滴灌的最佳效果，设计、安装、管理必须规范操作，不能随意拆掉过滤设施和在任意位置自行打孔。②注意过滤。日光温室膜下滴灌西葫芦，要经常清洗过滤器内的网，发现滤网破损要更换，滴灌管网发现泥沙应及时打开堵头冲洗。③适量灌水。每次滴灌时间长短要根据缺水程度和西葫芦品种决定，一般控制在1～4h。

88. 如何协调西葫芦浇水与地温的关系

浇水能明显影响地温，尤其是越冬的棚室西葫芦浇一次水会使地温明显降低，当冬季室外温度很低时，井水、河塘水温度多在2～8℃，水的比热容大，升高温度需吸收大量的热。所以一次冷水浇后地温会迅速下降，短时间内难以恢复。而棚室西葫芦的地温平时要比棚室内气温的下限高3～8℃，所以在浇一次水后，地温多由20℃以上降到10℃以下，很容易突破西葫芦所要求的地温最低值，即下限，会对西葫芦生长结果造成很大伤害。尤其对根的伤害，有的受害严重难以恢复。这就要求冬天浇水要选晴天进行，要预先在头一天及浇水的当天把棚温提高2℃左右。浇水后的第一天即可把棚温提高3℃以求借较高的棚温提高地温，使地温下降幅度变小，并能尽快恢复。

冬季西葫芦的浇水量也应适当减少，以避免低温水水量太大，难以在浇水后做到尽快把地温升上来。因在温度升高时水需热量最大，浇水量大，地温在浇水后恢复缓慢，会引发西葫芦的生理活动受到不利影响，严重阻碍西葫芦的生长发育。所以冬季浇水减少浇水量很重要，也要利用地膜覆盖减少浇水次数。

89. 冬季西葫芦浇水后注意什么问题

冬季日光温室西葫芦浇水后，往往造成日光温室内地温低、湿度大，致使西葫芦生长不良，病害多发。因此，冬季日光温室西葫芦浇水后，应加强管理，创造一个西葫芦生长适宜的环境，以保证西葫芦正常生长，主要应注意做到以下几点。

（1）注意提温　冬季日光温室西葫芦浇水后，应关闭放风口，把棚内的温度提起来，使棚温比平时提高2～3℃，以气温升高促地温回升，以促进西葫芦正常生长。

（2）注意排湿　日光温室西葫芦浇水后，应做好棚内排湿工作。其中提温就是一项有效的降低棚内相对湿度的好办法。可于浇水后，关闭日光温室放风口，在日光温室提温的过程中，棚内的相对湿度也会相应地降低，待棚温升高后，再逐渐打开放风口，进一步通风排湿。

（3）注意防棚膜结露　西葫芦浇水后，棚内湿气较大，棚膜很容易结露，影响日光温室的透光率。可向棚膜上喷用消雾剂或豆面水，消雾效果较好。

（4）用药要注意选用烟雾剂或粉尘剂　日光温室西葫芦浇水后棚内湿度本就很大，此时若再喷施药液，会增加棚内的湿度。因此，西葫芦浇水后 1~2 天内，应尽量避免用药，必须用药时最好选用粉尘剂或烟雾剂。

（5）随浇水冲施肥时要注意防气害　菜农追肥往往配合浇水进行，在菜农追施的肥料中，其中有很多含氮量过高的肥料。这些肥料在冲施后会发生氨气，在冬季日光温室密闭的情况下，极易熏坏西葫芦。因此，在冲肥后日光温室一定要注意适当放风，把有害气体排出棚外。另外，在选择冲施肥时一定要选择含氮量较低的肥料，严寒阶段可停用这类肥料，以避免气害的发生。

90. 为什么说冬季浇水不可多亦不可无

冬季浇水容易造成一些问题，如浇水时水温低，水量大，造成温室内地温降低，根系受害，吸水、吸肥能力降低甚至停止；浇水使空气湿度增大，棚膜结露增多，光照减弱，病原菌容易侵染，病害发生严重。但水分是西葫芦生长的基础，不浇水也就不可能有产量，恰当的浇水是必需的。

冬季浇水量主要受西葫芦需水量、棚温高低等影响。冬季地温较低时，浇水应掌握"看天、看地、量小"的原则，以减少浇水对地温和空气湿度的不利影响。

"看天"是指浇水前要看天气、时间。晴天浇水，阴天尽量不浇，雪天切忌浇水。浇水当天及以后的几天内必须晴天，浇水时间最好选在晴天上午进行，此时水温与地温比较接近，浇水后根系受伤害小。浇水后，关小甚至关闭通风口，使温度达到并稳定在32℃以上 1~3h，提高温室内温度，以气温促地温，待地温上升后，及时通风排湿。午后浇水，会使地温骤变，影响根系活性，气温高、地温低会造成西葫芦生长不协调。

"看地"就是看土壤的含水量是否满足西葫芦的需要。西葫芦生长需水量大，土壤不能过干，土壤相对湿度最好不低于70％。而在冬季可适当延长浇水间隔，在土壤相对湿度低于65％时再浇水。土壤相对湿度70％的标准是：土壤手握成团，落地自然散开。

"量小"是指每次浇水量要小。冬季温度低，蒸发量小，西葫芦需水量也小，故浇水次数少、浇水量小。一般情况下，浇水均为隔行浇小水，忌大水漫灌，每次浇水量只有夏季浇水量的1/3～1/2，大概的浇水量可通过浇水时间掌握。如越冬西葫芦，定植时多采取大小行起垄栽培，冬季浇水时可以采取隔行浇水，小行浇水2次、大行浇水1次，轮流灌溉的方法，减轻浇水对地温的影响。有条件的地方则可以采取微喷灌浇水。微喷灌浇水水分缓慢地渗入土壤，逐步升温，地温变化小；同时，灌溉时地表无积水，空气湿度小，非常有利于温室西葫芦生产。

91. 日光温室西葫芦夏季浇水应注意哪些问题

浇水是夏季日光温室西葫芦管理中的一项重要内容，在一定程度上，浇水直接决定着西葫芦的长势、产量及品质。夏季温度高，土壤和植株蒸腾水分快，易干旱，影响西葫芦生长并容易诱发病毒病，但若浇水不当，亦会导致生理性病害的大发生。因而，夏季浇水应注意以下4个问题。

(1) 大水漫灌易沤根　很多菜农认为夏季温度高，浇水时应大水漫灌，大行小行一起浇，这样可起到降低气温、地温和确保西葫芦水分供应的作用，利于西葫芦生长。然而，大水漫灌田间易积水。根系在无氧环境下呼吸受到抑制，容易发生沤根，根系腐烂，叶片变黄，严重影响果实产量，甚至导致整棵植株死亡。

(2) 忽干忽湿易裂果　西葫芦结果期，忽干忽湿易裂果。这是因为土壤干旱缺水时，果实的膨大受到抑制，一旦浇水过大，果实迅速吸水，膨瓜速度加快，尤其是果肉部分吸水量大，果皮生长速度相对较慢，这样很容易发生裂果。建议在结果期应及时浇水，保持土壤湿润。

（3）浇水过勤易上病　多数病害与日光温室土壤和空气湿度大小关联性强。土壤过湿或存水时间过长，易导致沤根、烂根引发根部病害。建议在晴天适时适量浇水，阴雨天气不浇水，不过量浇水，保证菜田不积水。再是晴天浇水要加大放风量，降低空气湿度，减少病害传播。

（4）高温浇水易伤根　地温和气温太高时，浇水会使土壤温度骤然下降，根系突然遇到低温，根细胞会"暴死"，引起植株萎蔫，严重抑制作物生长。建议不要在上午 12 时至下午 3 时浇水，可以在 10 时以前和下午 4 时后浇水，叶片可以喷水降温。

92. 日光温室西葫芦施有机肥料有些什么好处

（1）大量使用有机肥能改良土壤　有机肥，尤其是猪粪、禽粪和秸秆堆肥有机质含量达 30%～50%，施用后能全面增加土壤中有机质的含量，如果能通过增施有机肥把菜地有机质含量提高到 2% 以上，则土地适耕性会达到新的水平，称作"海绵田"。其缓冲能力增强，抗旱、抗涝、抗冻、抗肥、抗盐碱能力大增。其改良土壤的水、气、热的综合能力会在各种条件下展现出来，体现在西葫芦的丰产优质上面。

（2）有机肥营养全　大量使用有机肥，如每年每亩用 5000kg 以上，因其中的大量元素和微量元素丰富，可直接被作物吸收利用，具有很大的数量优势。其中有机质分解经历的漫长过程，又会长期供应西葫芦所需的营养。其中产生的腐殖酸、维生素、抗生素和各种酶，能增强西葫芦新陈代谢，促进西葫芦根系和地上部的生长发育，提高西葫芦对各种营养的吸收利用能力。反过来使西葫芦对三要素吸收能力的提高后，可明显提高其产量和品质。对微量元素的吸收可增强西葫芦的抗性，减少缺素症，即生理病害的发生。

（3）大量使用有机肥可培植土壤中有益菌　有益菌多靠分解有机物而发生和发展，如能配合使用一些好品牌的生物菌肥，则效果会更理想，可以以菌抑菌，有效地防治西葫芦根部病害；也能由此减少地下灌用农药，避免农药对土壤和地下水的污染。

（4）大量使用有机肥能避免土壤"疲劳" 从土壤营养物质应当递补的原理来看，每一年的西葫芦生产会消耗土壤中的有机质约为 2000kg。应当在生产结束后给土壤补足这些有机质，否则土壤会发生"疲劳"。表现为肥力降低，理化性状变劣，如团粒结构变差、透气性恶化、保水保肥能力下降、土壤板结、盐碱升高、酸化、适耕性下降等，会严重影响西葫芦的生产水平。

（5）大量使用有机肥能增加二氧化碳生成量 有机肥大量使用后，在其缓慢的分解过程中会释放二氧化碳。日光温室西葫芦在冬季生产时这些被释放的二氧化碳会夜间闭棚时在棚中积累，据测定，多数棚室中一夜积累的二氧化碳浓度可达 $1000ml/m^3$ 以上，有些能达到 $1500ml/m^3$ 以上，也就是说其积累的二氧化碳是普通空气中 $300ml/m^3$ 的 3～5 倍之多。而第二天只要光照正常，这些二氧化碳积累较高的日光温室，其光合产物数量应该大为提高，粗略地看就应是普遍状态下光合产物的 3～5 倍，恰恰光合研究表明，日光温室西葫芦第二天在光照正常时，其二氧化碳只够 1h 左右的消耗，这就可以理解为这段时间里光合产量在单位时间里提高了 3～5 倍。这也是为什么严冬季节日光温室西葫芦往往能高产的原因。多施了有机肥，就多产生了二氧化碳，多形成了光合产物，提高了西葫芦产量。

93. 日光温室栽培西葫芦应该怎样科学施用速效化学肥料

日光温室西葫芦栽培，在施肥上虽然应以有机肥料为主，但是科学地施用适量速效化学肥料，仍然是夺取高产的必要措施之一。施用速效化学肥料时要依据以下原则操作。

（1）根据西葫芦需肥规律施肥 西葫芦其根系发达，吸肥能力强，80％以上的需肥量是在坐瓜以后吸收的，因此不宜过多施用底肥，以免易引起瓜秧徒长，难以坐瓜。坐瓜后应加强追肥，可随水冲施三元复合肥或喷施叶面肥，使植株健壮，茎叶发达，利于坐瓜和果实膨大。

（2）根据日光温室的栽培特点施肥　日光温室环境封闭、空气流动性差，容易积累有害气体，发生氨气（NH_3）、二氧化硫（SO_2）等气害。因此应注意控制速效氮肥的使用量，增加有机肥料的施用量，促进二氧化碳的释放，满足作物光合作用对二氧化碳的不断需求。追施化肥时要把化肥事先溶化成水溶液，随水浇灌，不可撒施、点施干肥和对全温室撒施，以免造成氨气挥发，引起氨中毒而损伤作物。发生肥害后，用纳米磁能液 2000 倍液或天达-2116 壮苗专用型 600 倍液进行叶片喷施，效果明显。

（3）根据化肥的性质施肥　比如铵态氮肥的 NH_4^+ 易被土壤胶粒吸附，能减少流失，要重点做基肥，可一次性施入较大量，每亩施 50～70kg。同时要注意 NH_4^+ 易变成氨气（NH_3）挥发，应深施，如果作追肥使用，须随水冲施。硝态氮肥硝酸根离子不能被土壤胶体吸附，在土壤溶液中易随水移动，易被灌溉水淋溶而流失，一般只作追肥，不作基肥。

磷肥中的磷酸根（$P_2O_5^{3-}$）离子施入土壤后，接触土壤中的铁（Fe^{3+}）、铝（Al^{3+}）等离子，会被其固定而失效，施用时应与畜禽粪便掺在一起，发酵后分层施入土壤中，以提高其利用率和减少与土壤接触而被固定失效。

钾肥易被土壤溶液溶解，且 K^+ 流动性大，易被灌溉水淋溶而流失，应少量多次施用，重点作追肥施用。锌肥施入土壤后，遇到磷酸根（PO_4^{3-}）离子，会被固定失效。使用时应单独撒施，严禁与磷肥接触。

（4）根据土壤性质施肥　碱性地施肥应施用生理酸性肥料，如硫酸铵、硫酸亚铁等，这些肥料中的 SO_4^{2-} 可降低土壤的 pH 值。酸性土壤可施用硝酸铵、硝酸钙、磷矿粉、石灰、钙镁磷肥等生理碱性肥料，以提高土壤的 pH 值。

94. 日光温室西葫芦如何做到底肥不同、冲肥各异

西葫芦坐瓜后，植株由营养生长向生殖生长过渡，果实的膨大

需吸收大量的营养物质，争夺植株生长所需营养，为确保营养生长与生殖生长同步进行，此时需进行冲肥。但冲肥不能盲目，首先要根据土壤肥力而定，简单理解应根据菜农底肥使用情况的不同而进行冲肥。注意应做到以下两点。

第一，底肥以粪肥、有机肥为主，而化学肥料使用较少甚至不用者应注意：①因化学肥料使用较少，可以适当冲施速效化肥，以免影响果实生长；②可以适当加大首次冲肥的量，并且要配以适量肥效较长的复合肥。一般可选高钾复合肥每亩冲施 10～15kg 混合有机冲施肥 30～40kg；③可以适当缩短冲施周期，多冲一遍肥，这样就不会出现西葫芦早衰棵弱的现象；④所选冲施肥可选氨基酸的、腐殖酸的、黄腐殖酸的，但要选低氮高钾型，且不含激素的，以防早衰。

第二，底肥中粪肥、有机肥、化学肥料使用充足、均衡者应注意：①适期冲肥，根据作物每个生长时期的需肥特点，及时追肥，以免影响果实正常生长；②适量冲肥，防止施肥过多发生肥害，以有机肥每亩冲施 30～40kg 为宜；③低氮高钾肥最适。

95. 日光温室西葫芦如何平衡施肥

提高日光温室内土壤肥力，达到高产优质高效的目的，科学平衡施肥是土壤培肥的关键措施。西葫芦采取科学平衡施肥，一方面满足西葫芦对各种养分的需要，另一方面补偿地力，不断提高土壤肥力，以便更好地为生产优质高产西葫芦提供良好的生长环境。西葫芦的生长发育与黄瓜大同小异，都为多次结实，多次采收。据试验每生产 1000kg 西葫芦需氮 5.47kg、五氧化二磷 2.22kg、氧化钾 4.09kg，它比黄瓜需肥多。以目标产量每亩 7500kg，生产一茬西葫芦约吸收土壤养分：氮 41.04kg、五氧化二磷 16.65kg、氧化钾 30.69kg。为达到丰产的目的，满足西葫芦根系宜在土层深厚的肥沃壤土中栽培的要求，生产中要求分层施肥。每亩施有机肥 5000～8000kg。这些有机肥可为土壤补充氮 13.7～20kg、五氧化二磷 19～28kg、氧化钾 14～21kg。故尚需补施氮21.04～

27.34kg、氧化钾 9.69～16.69kg，而五氧化二磷较为充足。当根瓜采收后，瓜秧已充分发育，幼果陆续形成，此时应补施化肥 6～9 次，每次施硫铵 15～20kg、硫酸钾 2.5～3kg，以延缓植株衰老，延长结瓜期，提高经济效益。

96. 日光温室冬春茬西葫芦如何进行根外追肥

日光温室冬春茬西葫芦，由于大部分采用地膜覆盖，故生育期的追肥一般除了随膜下暗灌进行外，也可部分地采用根外追肥。通过根外追肥，既可满足西葫芦旺盛生长的需要，又能及时地补充植株缺乏的某些元素，以提高植株的抗病和抗寒能力，促进早结果和增产。

（1）肥料选择　根外追肥可以分为大量元素补充和微量元素补充两个方面。在大量元素的根外追肥中常用的有：用 0.2% 的磷酸二氢钾＋0.2% 的尿素喷施；也可采用 0.5% 的三元复合肥喷施；也可采用 0.5% 的蔗糖＋0.2% 尿素喷施。微量元素的根外追肥可按出厂说明的喷施硼微肥、钛微肥，光合微肥、多元液肥等，值得一提的是，目前的根外追肥还停留在盲目阶段，如能结合植株的营养诊断，使用效果会更好。植株的营养诊断参阅"170. 如何正确识别和防治西葫芦缺氮症"等问题。

（2）使用方法　根外喷施宜在上午进行。每隔 7～10 天进行 1 次，连续喷施 3～4 次效果最佳。幼苗期及叶片色淡而薄的植株应适当降低浓度。对于喷洒的液量总的要求是以肥液将要从叶面上流下但又没流下时为最好，一般每亩用肥液量 50～70kg。

（3）注意事项。①根外追肥千万不能像平时打药那样对植株进行重点的喷施，而是应该做到雾滴细小，喷施均匀，尤其要注意多喷洒生长旺盛的上部叶片和叶片的背面，因为新叶比老叶、叶片背面比正面吸收养分的速度更快，吸收能力更强。②根外喷肥可和防治病虫害农药混合喷用，但要注意合理混用，且随配随用。③铵类化肥则不能混用。④过磷酸钙、草木灰等要经浸泡后取上部清液稀释后喷施。⑤喷洒鸡粪和兔粪液，粪肥要加水充分发酵 5～6 天，用滤清液进行叶面喷施。

 97. **什么是冲施肥法？冬季日光温室内冲施肥应注意哪些问题**

冲施是目前日光温室最常用的一种追肥方式。冲肥就是把固体的速效化肥溶于水中或将腐熟的鸡粪混入水中并以以水带肥的方式施肥。通过肥水结合，让可溶性的氮、钾养分渗入土壤中，再为作物根系吸收。

（1）肥料种类　从肥料化学性状及内在营养成分上主要划分为3种：一种是有机型，如氨基酸型、腐殖酸海洋生物型等；一种是无机型，如磷酸二氢钾型、高钙高钾型等；一种是微生物型，如光合细菌型、酵素菌型等。另外，市场上还有一种将有机、无机、生物等原材料科学地加工、复配在一起而生产的新型冲施肥，属于复合型制剂。

只有水溶性的肥料方可随水施用，氮肥中常用尿素、硫铵和硝铵；钾肥有氯化钾和硫酸钾，也可用硝酸钾。而磷肥种类即使是水溶性的磷酸一铵和磷酸二铵，也不要冲施，其原因是磷肥的移动性差不能随水渗入根层，磷肥的施用只能埋入土中。

（2）追肥量　每次追肥量可参照西葫芦生长需肥量来确定。不计基肥养分的量追肥时，一般每亩目标采收量为1000kg，施用纯氮（以 N 计）4.8kg、纯磷（以 P_2O_5 计）2.2kg、纯钾（以 K_2O 计）4.8kg，据不同追肥品种进行折算，折合尿素10.4kg、过磷酸钙18.3kg、硫酸钾 9.6kg，扣除基肥养分的供给量时，应根据西葫芦生长期长短和不同采收量，适当扣除基肥供养分量。

（3）注意事项　①有机肥与无机肥相结合。不少农民无论冲施，还是追施，均以化肥为主。虽然有些冲施肥含有腐殖酸，但无机肥多以硝酸铵、尿素等氮肥为主，短期内西葫芦长势好，但缺乏长期效应。也有些冲施肥以饼肥（麻籽饼、棉饼、豆饼）和磷酸二铵（或硝酸铵）为主，效果欠佳，原因是饼肥发酵需一定的时间。②大水冲施与小水冲施相结合。不少农民无论苗期、结果期均以大水冲施肥，使得肥水过大，引起苗病、烂根、沤根。无论生物肥、有机肥，还是化肥都要看苗用肥，合理用量，并且肥水过后及时中耕松土。③生物肥与化肥相结合。生物肥料含有十几种有益菌，具有活化土壤，调节养分的功效，与无机肥（化肥）配合施用，能解除肥害，增加土壤有机质，促进根系发育。对于土传病害发生严重的日光温室应选择使用具有防病功效的芽胞杆菌类生物肥，土壤中氮、磷、钾积累较多的老龄日光温室应选择使用具有解磷、解钾作用的酵素菌型生物肥。④冲施肥在使用过程中要根据种植区内的土壤供肥能力、底肥施用量以及所种植的需肥特点，确定适合的冲施肥品种。再就是详细阅读所选购冲施肥的使用说明书，掌握适合的施肥时期、施用量和施用方法，不可凭以往的施肥经验而自作主张，以免造成不必要的损失。

98. 日光温室西葫芦如何采用敞穴施肥

（1）基本方法　在两株西葫芦中间的垄上挖一个敞穴，穴在灌水沟内侧，向沟内侧开豁口，豁口低于沟灌水位但高于沟底，使部分灌水可流入穴内，以溶解和扩散肥料；覆盖地膜后，在穴上方将地膜撕出一个孔；在每次灌水前1～2天，将肥料施入穴内；一次制穴，整个西葫芦生育期使用。

（2）肥料种类　除鸡粪、厩肥以外的各种肥料均适宜敞穴施肥。

（3）操作方法　施基肥、翻耕、起垄、移栽西葫芦等农事操作按照常规；在西葫芦缓苗后，覆盖地膜前，在两株西葫芦之间的垄上挖有一个敞穴，敞穴靠近灌水沟内侧，且向灌水沟侧敞开，敞穴的穴底高出灌水沟的沟底4～6cm；地面覆盖地膜后，在敞穴上方将地膜撕开一个孔洞，孔洞大小以方便向穴内施肥为宜；在浇水前1～2天施入化肥，化肥用普通的复合肥，以含硝态氮的复合肥为好；施肥量冬季每亩每次10～15kg，春季每亩每次25～30kg；浇水次数和浇水量根据西葫芦生长发育需求而定。提倡生长中前期未落蔓前使用敞穴施肥，秧蔓封垄后一般不再采用。

（4）优缺点　①优点。敞穴施肥较常规穴施肥减少了每次挖穴、覆土的工序，使集中施肥在日光温室西葫芦覆盖地膜的情况下得以实现；克服了冲施肥供肥强度低，肥料利用率低的缺点；这样在较易农事操作下，实现了集中施肥，提高了供肥强度。②缺点。追肥过于集中，一次施用量过多，容易引起烧根；受穴大小的限制，不能追施腐熟鸡粪等有机肥。

99. 滴灌施肥对肥料有哪些要求

滴灌施肥是将施肥与滴灌结合起来的一种新的农业技术。滴灌可将可溶性肥料随水施到西葫芦根区。凡采用滴灌设施浇水的西葫芦日光温室均采用这一方式追肥，但对肥料有特殊要求。

主要有 4 点。①为防止滴头堵塞，要选用溶解性好的肥料，如尿素、磷酸二氢钾等。施用复合肥时，尽量选择完全速溶性的专用肥料。确需施用不能完全溶解的肥料时，必须先将肥料在盆或桶等容器内溶解，待其沉淀后，将上部溶液倒入滴灌系统，剩余残渣施入土中。②一般将有机肥和磷肥做基肥使用。因为有的磷肥（如过磷酸钙）只是部分溶解，残渣易堵塞喷头。③要选择对灌溉系统腐蚀性小的肥料。如硫酸铵、硝酸铵对镀锌铁的腐蚀严重，而对不锈钢基本无腐蚀；磷酸对不锈钢有轻度的腐蚀；尿素对铝板、不锈钢、铜无腐蚀，对镀锌铁有轻度的腐蚀。④追肥的肥料品种必须是可溶性肥料，要求纯度较高，杂质较少，溶于水后不会产生沉淀，否则不宜作追肥。一般氮肥和钾肥选用符合国家标准或行业标准的尿素、碳酸氢铵、硫酸钾、氯化钾等。补充磷素一般采用磷酸二氢钾等可溶性肥料作追肥。追补微量元素肥料，一般不能与磷素追肥同时使用，以免形成不溶性磷酸盐沉淀，堵塞滴头或喷头。

100. 膜下滴灌施肥操作方法是什么

（1）选择肥料品种　利用滴灌施肥要按作物对养分的需求选择合适的肥料种类，西葫芦在生长中后期既要使植株具有一定的营养生长势，又要确保瓜果具有较好的品质，一般选用尿素、磷酸二氢钾等提供大量元素，选择水溶性多效硅肥、硼砂、硫酸锰、硫酸锌等提供中、微量元素。其中，微量元素也可直接用营养型叶面肥，如肥力宝等。具体选用什么肥料要根据基肥和植株长势确定。

（2）配制肥料溶液　肥料溶液可根据施肥方法配制成高浓度和低浓度两种溶液。高浓度溶液就是将尿素、磷酸二氢钾等配制成 5%～10% 的水溶液，中、微量元素配制成 1%～2% 的水溶液；低浓度溶液就是将尿素、磷酸二氢钾等配制成 0.5%～1% 的水溶液，中、微量元素配制成 0.1%～0.2% 的水溶液直接施用。

（3）肥料用量及混用　每次每亩尿素施用量 3～4kg，每次每亩磷酸二氢钾用量 1～2kg，这两种肥料也可混合施用。微量元素一般每一种肥料在一季西葫芦中不能超过 1kg。每年都施用的地块一般不超过 0.5kg。

（4）施肥方法　当用高浓度溶液进行施肥时可与灌水同时进行，即打开施肥器吸管开关，使肥液随水流进入软管，肥液的流量用开关控制；用低浓度溶液直接施肥时，将灌水阀门关闭，打开施肥器吸管的开关，把过滤器固定在肥液容器底部，接通肥液即可施肥。

（5）注意事项　配制的肥液不应含有固体沉淀物，以防止滴孔堵塞；高浓度肥液要控制好流量，不宜太大，防止浓度过高伤害西葫芦根系；施肥结束要关闭吸管上的开关，打开阀门继续灌水数分钟，以便将管内残余肥料冲净。

101. 为什么说增施腐殖酸能提高肥料利用率

（1）增施腐殖酸，能够提高肥料的利用率　西葫芦是喜肥作物，需肥量较大，故而在一定范围内增施肥料对西葫芦的生育、产量及品质有着显著的促进作用。但过量施用，不仅肥效下降，造成经济上的巨大浪费，而且还会破坏土壤结构，造成土壤板结、环境污染。腐殖酸既具有一般化肥的速效增产作用，又具有有机肥料的活化土壤、缓释培肥作用，而且无公害、无污染，对解决既要发展农业又要保护环境的矛盾，促进生态良性循环有着十分重要的意义。

（2）腐殖酸含有羟基、酚羟基等酸性官能团，有较强的离子交换能力　施入土壤后在一定程度上起储存无机氮肥的作用，还可以促进根系发育及植株体内氮素代谢，促进植株对氮的吸收，进一步提高氮素特别是尿素的利用率。腐殖酸与尿素作用可生成络合物，对尿素的缓释增效作用十分明显，可使氮利用率提高 10％～20％，后效增加 15％。

（3）腐殖酸对磷肥具有增效作用　一方面腐殖酸与磷肥形成腐殖酸-金属-磷酸盐络合物，从而防止土壤对磷的固定，磷肥肥效可相对提高 10％～20％，吸磷量提高 28％～39％；另一方面腐殖酸能够提高土壤中磷酸酶的活性，从而使土壤中的有机磷转化为有效磷。磷在土壤中垂直移动距离为 3～4cm，添加腐殖酸后可以增加到 6～8cm。

（4）腐殖酸对钾肥具有增效作用　腐殖酸的酸性官能团可吸收和储存钾离子，防止在土壤中随水流失，又可以防止土壤对钾的固定，可对含钾的硅酸盐、钾长石等矿物有溶蚀作用，可缓慢分解、释放，从而提高土壤速效钾的含量。

（5）腐殖酸能够提高土壤中微量元素的活性　一些微量元素如硼、铁、锌、锰、铜等，多以无机盐形式施入土壤，易转化为难溶性盐，使其利用率降低甚至完全失效。腐殖酸可与金属离子间发生螯合作用，使其成为水溶性腐殖酸螯合微量元素，从而提高植株对微量元素的吸收与运转。

102. 土传病害严重的日光温室多施一些甲壳素肥料有什么好处

甲壳素广泛存在于虾、蟹的外壳、昆虫外皮以及真菌的细胞壁中。就化学结构而言，甲壳素是氨基多糖，因其结构与植物纤维近似，其又源于动物，能被生物降解，因此也被定义为动物纤维素。

甲壳素能提高氮、磷、钾及中微量元素的利用率，是一种理想的化肥增效剂。它的应用可以减少 1/3 肥料的用量，节约了资金，保护了环境，降低了西葫芦中硝酸盐、亚硝酸盐的含量，增加了西葫芦产量。

甲壳素进入土壤后可以促使有益细菌如固氮菌、纤维分解菌、乳酸菌、放线菌的增生，抑制有害细菌如霉菌、丝状菌的生长。它可使放线菌的数量增加近 30 倍。这一特点决定了甲壳素可以有效改良土壤，改善作物的生存环境。

103. 冬春季节日光温室西葫芦应多施一些海藻类肥料有什么好处

海藻类肥料是从海洋藻类中提取的能够促进西葫芦生长，增加产量，减少病虫害，并增强西葫芦抗寒、抗旱能力的一类天然有机肥料，与生态环境有良好的生物相容性。其肥效依赖于海藻中所含的营养成分，海藻除有丰富的碳水化合物、蛋白质、氨基酸外，还含有多种陆地植物不可比拟的碘、钾、镁、锰、钛等微量元素以及海藻多糖、甘露醇等物质。

海藻类肥料增强西葫芦作物抗逆性，应用海藻肥对西葫芦作物有明显的生长促进作用，能有效提高作物根系发育，增强光合作用，营造壮苗、壮株，进而提高西葫芦抗寒、抗旱能力，并对蚜虫、灰霉病、花叶病有明显的防治效果。

冬季土壤温度低，西葫芦作物根系生长不良，耐寒性较差，增施海藻类肥料能够促进根系发育，提高作物抗寒能力。

104. 日光温室西葫芦的栽培中怎样正确使用磷肥

西葫芦属于对磷肥特别敏感的作物，在栽培过程中如果能适时适量的使用，就能获得较好的经济效益。

（1）早施　西葫芦的苗期吸收磷最多，若苗期缺磷，会影响整个生育期的生长。

（2）细施　磷肥（如过磷酸钙等）在储存时易吸潮结块，在施用时，要打碎过筛，以利根系吸收。

（3）集中施　磷容易被土壤中的铁、铝、钙等元素固定而失效，故应穴施、条施，使磷固定在种子和根系周围，有利于西葫芦根系吸收。

（4）与有机肥混施　特别是钙镁磷肥必须与有机肥混合使用，可使磷肥中那些难溶性的磷转化为西葫芦能吸收利用的有效磷。由于磷肥混合在有机肥中，可减少与土壤的接触，从而提高磷肥的利用率。

（5）分层施　磷肥在土壤中移动性小，施在哪里就在哪里不动。因此，在底层和浅层都要施用磷肥。

（6）与氮肥混施　氮肥、磷肥混合施用，可平衡养分，促进西葫芦根系下扎，为丰产打下基础。

（7）根外喷施　西葫芦的生长后期，根系老化，吸收养分的能力减弱，常造成缺磷。可用水溶性的1‰过磷酸钙溶液喷洒叶片，一般在晴天的早上或傍晚喷施。

（8）因土壤而施　磷肥如过磷酸钙是酸性肥料，适宜中性、碱性土壤施用；而钙镁磷肥最好用在偏酸性土壤中。

（9）不能与碱性肥料混施　草木灰、石灰等均为碱性物质，若混合使用，会使磷肥的有效性显著降低，对西葫芦增产不利，可间隔7～10天施用。

（10）适量施　磷肥肥效期长，一般每茬西葫芦基施一次即可。同时还要根据不同目标产量和土壤肥力计算适当用量，考虑氮、磷、钾3种营养元素的平衡使用。

105. 日光温室西葫芦怎样正确使用微量元素

西葫芦对微量元素的需求量较少，所以在使用时除了可以跟有机肥混合后基施外，还可以作叶面肥喷施。但要注意5点。①浓度。喷施浓度适宜才能收到良好的效果，一般地说，各种微量元素肥适宜的喷施浓度是：硼酸或硼砂溶液600～800倍液，硫酸亚铁溶液600倍液，硫酸锌溶液400～800倍液。②时期。喷施微量元素肥的时期一般以开花前喷施为宜。为利于微量元素的吸收利用，一般可以在阴天或晴天的下午到傍晚喷施。③用量。每亩喷施肥液 40～75kg，能使蔬菜茎叶沾湿为宜。④次数。叶面喷施一般用肥量较少，所以 1 次难以满足全部生长发育过程的需要，根据西葫芦生育期的长短，一般可喷施 2～4 次。⑤混喷。微量元素肥料之间混合喷施，或与其他肥料和农药混喷，可节省工序，起到"一喷多效"的作用。但要注意各种肥料和药剂的特性，如果性质相反，互相妨碍，那就一定不要混合喷施。一般来说各种微量元素肥料均不可与草木灰、石灰等碱性肥料混合使用。

106. 糖在西葫芦生产中有哪些用处

（1）糖可以增加药效　用糖 1kg 加尿素 0.5kg 兑水 100kg，可在晴天清晨均匀喷雾，每隔 6 天喷 1 次，连续喷 3～5 次，能对西葫芦的霜霉病有较好的防治效果。

用 1％糖液加 500 倍病毒 A（有效成分为盐酸吗啉双胍和乙酸铜）加 20～30mg/kg 赤霉素加 600 倍硼砂混匀后喷雾，每 7 天左右喷 1 次，连续喷 2～4 次，可有效防治西葫芦病毒病。

在冬季低温条件下（如棚内气温低于 8℃时），可用 0.5％糖水喷雾，可以减轻其受冷害的程度。

（2）糖可以提高西葫芦产量　在西葫芦幼苗期喷 0.3％糖水，可促进西葫芦植株健壮、叶片肥大，长势旺盛；在西葫芦结瓜期喷 1％糖水加 0.4％的磷酸二氢钾，每 7～10 天喷洒 1 次，可促进瓜色鲜绿，提高西葫芦产量，并且口感好，提高了西葫芦的品质。

107. 如何认识和使用微生物肥料

微生物肥料是指应用于农业生产中，能够获得特定微生物效应的，含有特定微生物活体的制品，以微生物的生命活动及其产物来改善西葫芦的营养条件，促进作物吸收营养，刺激作物生长发育，增强作物抗病、抗逆能力，提高西葫芦产量，改善产品品质；改良土壤，提高土壤肥力，净化土壤，减少环境污染，是生产无公害农产品最理想的肥料。

（1）微生物肥不是速效性肥料　很多菜农朋友们都认为凡是微生物肥就一定是速效性的肥料，其实这种认识是错误的，微生物肥是指含有生物菌群（如根瘤菌、固氮菌、解钾菌、解磷菌、酵素菌）或者是微生物菌群（如 EM 等）的肥料。就其效果而言，单纯的微生物肥的效果是非常慢的，因为纯粹的微生物肥料本身不具有营养元素对作物的作用，生物肥料中的微生物菌群主要通过固定营养元素或分解土壤中被固定的营养元素或通过改良土壤环境来达到促进作物吸收营养元素的目的，因此纯粹的微生物肥并不是速效的而是缓效的。而目前市面上常见的不少微生物肥，主要是复合微生物肥料，复合的方式有两种或两种以上微生物的复合，也可以是微生物与有机肥料、大量营养元素或微量元素的复合。这种肥料的优点是作用全面，既能改善作物营养，又能促生、抗逆、抗病，还能增强土壤生物活性，做到了各菌种间相互促进，有机、无机与微生物相互促进，因而肥效持久，增产效果好，是今后生物肥料发展的方向。

（2）微生物肥不一定是冲施肥　目前在市场上的微生物肥都以冲施肥为主，这样就给了经销商及菜农朋友们一种误解，认为微生物肥料就一定是冲施肥，其实，微生物菌肥并不单纯是冲施肥，也有叶面喷洒的和作为底肥或育苗肥施用的。

（3）微生物肥不能代替化肥和有机肥　微生物肥料只是一种辅助增产肥料，不可代替化肥和有机肥，生产中施肥还应以有机肥为主。

108. 如何用农作物秸秆自制生物有机肥

利用 EM（由光合细菌、乳酸菌、酵母菌、芽胞杆菌、醋酸杆菌、双歧杆菌、放线菌组成）、CM（由光合细菌、酵母菌、醋酸杆菌、放线菌、芽胞杆菌等组成）、酵素菌液，收集农作物秸秆（例如稻壳、麦壳、铡细短的玉米秸秆、麦秆、豆秆等），用以上菌液的任一种进行堆沤发酵，通过微生物产生多种酶，促进有机物的分解，使发酵物转化为供植株生长的营养物质的微生物有机肥。

（1）材料准备　每1000kg作物秸秆需要EM或CM菌液2kg左右、尿素5kg（也可用10％的人粪尿、鸡粪或30％的圈肥代替）、麦麸5kg、过磷酸钙5kg。

（2）材料处理　玉米秸、麦秆铡成5～10cm的小段，稻壳、麦壳或杂草等可不做以上处理。

（3）堆沤要点　要掌握六字要领，即"吃饱、喝足、盖严"。所谓"吃饱"是指秸秆和调节碳铵比的尿素（或人粪尿鸡粪、圈肥）及麦麸要按要求的量加足。"喝足"就是秸秆必须被水浸透，加足水是堆沤的关键。"盖严"就是成堆后用泥土密封，可起到保温保水的作用。堆制10～15天可翻堆一次并酌情补水，加速成肥过程。如不进行翻堆，要在堆的中央插数把秸秆束，便于透气，满足好气微生物的活动。

（4）堆制方法　①集中堆制法。选择背风向阳的地方建堆，以利增温，但温度不宜超过45℃。堆底要求平实，并在四周起30cm的土埂，以防跑水。将已湿透的秸秆堆高60cm时浇足水，秆面先撒尿素、磷肥总量的1/5，再加少量水溶解，然后均匀撒上菌种和麦麸的混合物的1/5，再撒秸秆30～40cm厚及其余的化肥和菌种，然后用泥封存2cm厚。要求堆宽1.5～2m，高1.5m左右，长度不限，分3～4层堆沤。玉米秸秆适当踩实，其他沤制材料不用踩实。②深埋堆沤法。可在果园、地头、路沟采用挖沟的方法沤制，挖宽60～70cm、深100cm的条沟，在沟内按上述堆制方法沤制。③温室基施法。顺温室栽培行挖深50cm、宽50cm的沟，在沟内撒30cm的秸秆进行沤制，沤制方法同上。最上面盖土施肥后直接定植，最好是起垄定植。要求秸秆应铡成10cm的小段。

109. 日光温室西葫芦冬季施菌肥土壤环境有什么要求

　　同一个温室区的温室西葫芦，用了同一种生物菌肥，有的棚室增产增收效果明显，有的棚室却几乎没看出什么效果。其根本原因与温室土壤的环境有密切的关系，尤其在冬季，棚内土壤在温度低、湿度大、有机质含量不足的情况下，生物菌在土壤中的活动能力非常弱，所发挥的作用也大不相同，因此，冬季温室西葫芦施用菌肥，调节好土壤环境是关键。要使生物菌在冬季发挥出应有的效果，应注意以下几点。

（1）调控好棚内的地温　一般菌肥中的生物菌在土壤18～25℃时生命活动最为活跃，15℃以下时生命活动开始降低，10℃以下时活动能力已很微弱，甚至处于休眠状态。因此，冬季温室西葫芦施入菌肥后，调控好地温至关重要。而在冬季要想保持较高的地温，首先要控制好温室内的气温，以气温促地温回升。一般棚内气温白天应保持在25～30℃为宜，夜间棚内温度低，为避免地温散失，维持地温恒定，除了采取地膜覆盖外，在操作行内覆盖作物秸秆也不失为一种好办法。

（2）调控好土壤的湿度　土壤含水量不足不利于生物菌的生长繁殖，但土壤在浇水过大，透气性不良，含氧量较少的情况下也不利于生物菌的生存，因为生物菌大都是好氧性，一般在土壤见干见湿时生物菌的生命活动最为活跃。因此，除调控好地温外，合理浇水也是一个重要的因素。一般情况下，浇水应选在晴天的上午进行，因这段时间内浇水有利于地温的恢复和棚内湿气的排除。浇水时要注意浇小水，切忌大水漫灌，浇水后应及时划锄，以增加土壤的透气性，促进生物菌的生命活动。

（3）注意施足有机肥　在很多温室区，棚内土壤有机质含量严重贫乏，个别地区有机质含量还不足1%。而生物菌的功效是在土壤有机质丰富的前提下才能发挥出来的。毕竟，生物菌肥与化学肥料不同，它一般不含氮、磷、钾，目前市场上推出的生物菌肥中虽也添加了部分氮、磷、钾，但含量都很低，同时所含的有机质也不是太高，根本不能满足西葫芦对营养元素的需求。也就是说，生物菌肥的主要作用仅仅是靠生物菌分解土壤中的有机物来实现的，如果土壤中的有机肥施用不足，那么它是分解不出什么养分来的。因此，西葫芦定植前，一定要注意施足有机肥，一般每亩西葫芦以施纯鸡粪15～20m³或稻壳粪35～40m³为宜。

（4）调节土壤酸碱度　生物菌对土壤的酸碱度也有要求。土壤偏酸或偏碱都不利于生物菌的生长繁殖。一般情况下，土壤 pH 值在 6.5～7.5 之间时最适合生物菌的繁殖，菜农可根据自己土壤的情况加以改造。

110. 西葫芦定植后发现鸡粪腐熟不够怎么办

施用生鸡粪容易造成烧苗。在施用鸡粪作基肥时一般都要提前把鸡粪腐熟好才施入棚地中。但有时也会出现将没有完全腐熟的鸡粪误认为已完全腐熟而施入温室的情况。这种情况往往在西葫芦定植后才能发现。生产上发现鸡粪没腐熟后应采取以下措施补救。

（1）及时冲施腐熟剂　如果鸡粪没腐熟好，西葫芦定植后 2～3 天就可出现烧苗症状，此时应及时冲施有机物腐熟剂，以加快鸡粪的腐熟。如每亩每次冲施肥力高（复合生物菌肥）2kg，能达到快速腐熟的目的。

（2）加强通风，避免气害发生　冬季棚室相对密闭，鸡粪在腐熟的过程中产生的氨气挥发不出去，很容易熏坏西葫芦秧苗。因此，在出现烧苗现象时，应增加放风，增加通风次数和时间，以便把棚内的氨气及时排出棚外，从而避免气害的发生。

（3）增施生物菌肥　生物菌肥不仅具有改良土壤结构、提高土壤肥力、抑制根部病害的作用，对促进鸡粪的腐熟效果也很显著。因此，当鸡粪出现烧苗现象时，可每亩每次用满园春生物菌肥（有效成分为酵母菌、固氮菌、放线菌和芽胞杆菌）25～30kg 随水冲施，也可冲施适量的微生物制剂（如 EM 菌剂），效果较好。

（4）叶面喷洒植物生长调节剂　当西葫芦出现烧苗时，可用生根剂灌根，以促进根系生长。也可用纳米磁能液 2500 倍液，或爱多收 6000 倍叶面喷洒，能显著增强植株长势和抗逆抗病能力。

111. 怎样做到鸡粪分批分次施用

一次性集中、大量地施用鸡粪等有机肥作底肥，容易导致西葫芦开花前出现烧根、烧苗、气害等问题，严重影响西葫芦产量和效益。生产上应改一次性施用为分次分批施用，以满足西葫芦不同生长期对养分的需求。

具体做法为：每亩西葫芦一般施用 12m³ 鸡粪，且分 3 次施用。

第一次施鸡粪是在西葫芦定植前 25 天。施入 6m³ 鸡粪作底肥，并结合 60kg 三元复合肥（氮∶磷∶钾为 15∶15∶15）+200g 硼肥+250g 硫酸锌一并施入土壤中，然后翻地整畦。这一次施肥为西葫芦前期生长供给了充足的养分，可促进根系生长，培育壮棵，为西葫芦高产打下了基础。

第二次是在西葫芦定植前 15～20 天。施入 3.5m³ 鸡粪配合农作物秸秆利用生物反应堆技术进行发酵，这时地温高，发酵快，经 15 天左右，有机肥充分发酵腐熟后就可定植。该技术分解发酵能够产生二氧化碳和有机酸类物质并释放热量，二氧化碳可直接被西葫芦吸收，增强光合作用，增加西葫芦光合产物的积累；秸秆发酵过程中产生的热量可以提高地温2～3℃。

第三次是在西葫芦定植后，开花结果期。把剩余的 2.5m³ 鸡粪在大行间挖沟施入，进行追肥。通过沟施，可引根向下，使西葫芦根系向四周伸展，能增加西葫芦中后期产量，尤其是能满足西葫芦开花结果盛期对养分的需求。避免了单一冲施鸡粪造成的烧根、气害等问题，同时追肥基本不会增加土壤盐离子浓度，不影响根系的正常呼吸。

一次性集中施入大量有机肥和化肥，会增加土壤中盐离子浓度，严重时土壤表层会泛起白碱或红碱。而肥料分批分次施用，形成了细水长流式供肥，能够不断地满足西葫芦整个生长期对养分的需求，结出的西葫芦品质好，产量高。

112. 日光温室如何合理用麦秸、麦糠

日光温室土壤连年多茬次种植，使用的大多数是畜禽粪肥和化肥，很多呈现氮、磷过剩，形成土壤酸化或次生盐碱化，土壤板结，透气性不良，作物的正常生长受到了抑制。日光温室通过使用小麦秸秆，不但增加土壤有机质和微量元素，培肥地力，主要是能

够改变土壤理化形状，有利于作物根系的呼吸、吸收、合成和运输功能，作物才能正常生长和增产。那么小麦秸秆用什么办法处理？怎样使用比较好呢？

（1）堆沤发酵　可以把小麦秸秆就地堆沤或沟池堆沤，其做法是：在地面上铺一层薄膜，麦秸铺成 50cm 高、2m 宽、长度不限的一层，然后喷水，水量要求喷湿、喷透，地面略淌水为宜，在秸秆上面撒上尿素，重量为秸秆的 0.5％即可；同样做法连铺 3 层为止，每隔 1～2m 插玉米秸束 1 个，以利透气。20 天左右查看 1 次，可以根据实际情况翻堆、加水，注意堆沤地点一定选择向阳处，以温度达到 50℃ 以上为宜。也可以用 EM 菌、CM 菌、酵素菌原液 200～300 倍液堆沤发酵，每一层都要把菌液喷匀喷透，基本做法同上，不过温度一定控制好，以 35～38℃ 为宜。堆沤的秸秆黄褐色、易碎，方可作为基肥使用。

（2）与氰氨化钙混用　每亩日光温室使用铡碎的麦秆 1000～2000kg，氰氨化钙 150～200kg，均匀撒施于田间，深翻 30cm，然后整畦灌水，高温闷棚 30 天左右，放风晾晒 10 天后定植，此方法既能杀死根结线虫，又能消毒土壤，还能增加土壤中的有机质和氮素养分，一举三得。

（3）直接沟施　麦秆铡碎后，顺栽培行挖沟，沟深 30cm 以上，每沟撒施麦秆 10kg 以上，如果配合使用腐熟的有机肥，加上菌肥或者甲壳素，既增加了土壤肥力，又提高了土壤的透气性，还能预防作物的根部病害防死棵。在不使用菌肥的情况下，每沟撒施 68％金雷（有效成分为代森锰锌和甲霜灵）悬浮剂 10g，与土混匀，可以预防苗期疫病死棵，效果显著。麦秆或麦糠沟施注意一是要灌足水，二是要高温闷棚 15 天以上，使用菌肥的除外。

113. 日光温室进行二氧化碳施肥对西葫芦有何影响

绿色植物在进行光合作用时，都要吸收二氧化碳放出氧气。二氧化碳是植物光合作用的重要原料之一，在一定范围内，植物的光合产物随二氧化碳浓度的增加而提高，二氧化碳气肥在保护地蔬菜生产中的作用尤其明显，可以大大提高光合作用效率，使之产生更多的碳水化合物。在保护地西葫芦栽培中，二氧化碳亏缺是限制西葫芦高产、高效的重要因素之一。

大气中二氧化碳的含量一般为 $300ml/m^3$，这个浓度虽然能使西葫芦正常生长，但不是进行光合作用的最佳浓度，西葫芦在保护地栽培时，密度大且以密闭管理为主，放风量小，尽管棚内西葫芦呼吸、有机肥发酵、土壤微生物活动等均能放出一部分二氧化碳，但只要西葫芦进行短时间的光合作用后，棚内的二氧化碳含量就会急剧下降，根据用红外线气体分析仪测试得知，保护地内二氧化碳含量最高值是早晨拉苫前，达 $1380ml/m^3$，等到日出拉开草苫后，随着光照强度的增加和温度的升高，光合速率加快，棚内二氧化碳的浓度迅速下降，到 11 时，棚内二氧化碳的含量降至 $135ml/m^3$，由此可见棚内二氧化碳亏缺的程度。棚内二氧化碳含量低于自然大气水平的持续时间一般是从 9 时到 17 时，从 17 时以后随着光照强度减弱和停止放风盖苫，棚内二氧化碳浓度才逐渐回升到大气水平以上。当棚内温度达到 30℃开始放风后，棚内的二氧化碳得到外界的补充，但远低于大气水平而不能满足西葫芦的正常生长发育。大量测量结果表明，每日有效光合作用时，保护地内二氧化碳一直表现为亏缺状态，严重影响了西葫芦光合作用的正常进行，制约了西葫芦产量的提高。

通过试验证明，合理施用二氧化碳气肥西葫芦光合速率提高，植株体内糖分积累增加，从而在一定程度上提高了西葫芦的抗病能力。增施二氧化碳还能使叶和果实的光泽变好，外观品质提高，同时维生素 C 的含量大幅度提高，营养品质改善。可使西葫芦增产30％～70％，效益相当可观。

114. 怎样对日光温室西葫芦进行二氧化碳气体施肥

二氧化碳气肥使用方法比较简便，目前常用的方法主要有以下5 种：液态二氧化碳释放法、硫酸与碳酸氢铵反应法、燃烧气肥棒二氧化碳释放法、固体二氧化碳气肥直接施用法和微生物法。

(1) 液态二氧化碳释放法　钢瓶二氧化碳气的供应可根据流量表和保护地体积准确控制用量。但由于钢瓶中二氧化碳温度很低(可达-78℃)，在向保护地中输入前必须使其升温，否则会造成棚内温度下降，不利甚至危害西葫芦的生长。故在使用时需通过加热器将气体加热到相对比较恒定的温度再输出。输出时选用直径1cm的塑料管，通入保护地中，因为二氧化碳的密度大于空气，所以必须把塑料管架离地面，最好在棚内较高位置。每隔2m左右，在塑料管上扎上一个小孔，把塑料管接到钢瓶出口，出口压力保持在$1\sim1.2kg/cm^2$，每天根据情况放气$8\sim10min$即可。

此法虽比较容易实现自动控制，但在气温高的季节还是不利于实施。

(2) 硫酸与碳酸氢铵反应法　此方法是用二氧化碳发生器来进行的，选用的原料是碳酸氢铵和硫酸，塑料管架设方法同上。原理是碳酸氢铵和硫酸反应放出二氧化碳，供给西葫芦进行光合作用，生成的副产品硫酸铵可用作追肥用。

$$2NH_4HCO_3 + H_2SO_4 \Longrightarrow (NH_4)_2SO_4 + 2CO_2\uparrow + 2H_2O$$

(3) 燃烧气肥棒二氧化碳释放法　直接燃烧成品的气肥棒即可产生二氧化碳供西葫芦吸收利用，此法简便易行、安全、成本低、效果好、易推广。

(4) 固体二氧化碳气肥直接施用法　通常将固体二氧化碳气肥按每平方米2穴，每穴10g施入土壤表层，并与土壤混合均匀，保持土层疏松。施用时勿靠近西葫芦的根部，施用后不要用大水漫灌，以免影响二氧化碳气体的释放。

(5) 微生物法　增施有机肥，在微生物的作用下缓慢释放二氧化碳作为补充。

 115. 日光温室西葫芦进行二氧化碳气体施肥时应注意哪些问题

①施用二氧化碳气肥时，棚内温度要在15℃以上，且要在拉帘后1h开始施用，放风前1h结束。②施用适期一般在西葫芦坐住

瓜后，二氧化碳相当亏缺时；并且要在晴天上午光照充足时施用，浓度可掌握在 $1500\sim2200ml/m^3$，少云天气可少施或不施，阴雨雪天气不能施用。③用硫酸碳铵反应法的，对于反应所产生的副产品——硫酸铵在使用前，应先用 pH 试纸测酸碱度。若 pH 值小于6，则须再加入足量的碳酸氢铵中和多余的硫酸，使其完全反应后，方可兑水作大田追肥用。并在整个反应过程中作好气体输出的水过滤工序，减少与避免有害气体的释放。同时各项操作要小心，以防硫酸溅出或溢出，而且在浓硫酸稀释时，一定要把浓硫酸倒入水中，千万不能把水倒入浓硫酸中，因为水的密度比浓硫酸的密度小，把水倒入浓硫酸中时，水容易溅出伤人。碳铵易挥发，不能将大袋碳铵放入棚内，防止西葫芦遭受氨气的毒害，应分装后带入棚内使用。④西葫芦施用二氧化碳气肥后，光合作用增强，要相应改善水肥供应并加强各项管理措施，以便达到高产稳产的目的。

116. 日光温室秋延迟西葫芦如何采用株上保鲜提高经济效益

秋延迟西葫芦幼瓜生长快，不耐储存，上市集中，价格往往会大起大落。在价格暴跌时，将要采收的西葫芦瓜柄大部分折断，只留小部分与植株相连。这样既不影响上部植株和幼瓜生长，又可较长时间使西葫芦储存保鲜，品质不变，在价格回升后采收上市。2005 年秋季，寿光市圣城街道刘旺村刘洪利使用了此法，$600m^2$ 温室西葫芦多收入 2500 元。

使用本法应注意：①折瓜柄宜在中午进行，好掌握分寸和利于伤口愈合，减少烂果。②先处理健康无病株，后处理病株，防止病毒等病害传染。③储存不宜超过 10 天，时间长了西葫芦也会变老，影响品质。

117. 日光温室冬春茬西葫芦如何合理安排播期

日光温室冬春茬西葫芦的栽培，其结瓜期正是外界气温最低、但市场价格也最诱人的时候，所以这茬西葫芦的关键是提高元旦至春节前后西葫芦的产量和品质。西葫芦生育期耐寒能力较强，生长发育的适宜温度是 18～25℃，开花结果期要求的温度较高，以 22～28℃为宜，地温低于 10℃生长就几乎停止，依据这一生理要求，比较适宜的播期应该安排到 9 月底 10 月初，考虑到元旦其产量应该是高峰期，故品种还应该是早熟品种。目前适合北方大部分地区主栽的早熟品种主要有玉帅、冬玉、吉美、早青等。西葫芦从播种到定植为 30 天左右，从定植到采收又需 30 天左右（此期依温度的高低可能有所变化），翌年的元旦至 2 月初正好进入结果盛期。若是推迟播种，比如 11 月初播种，12 月初定植，2 月底至 3 月初才能迎来结果高峰期。需要注意的是，西葫芦从定植到缓苗需经过几个大晴天，温度合适才能缓苗，如定植后正好遇到几个阴雨天，不但缓苗慢，而且苗子弱。因此，在安排定植期时应有意避开阴雨天。

118. 深冬季节采取哪些措施进行西葫芦根系的养护

深冬季节日光温室西葫芦经常发生顶叶发黄、畸形瓜增多、生长不良等现象，经了解，除部分是病虫害的为害外，大多是低温下水大伤根所致。根系受到伤害的植株除表现为上述症状外，其产量和品质也大大降低，严重影响了菜农的经济效益。因此，冬季尤其是深冬期一定要注意养护好西葫芦的根系，使其根深叶茂多结果。主要应做好以下几点。

（1）保持地温的恒定　适宜的地温是维持西葫芦根系正常生长的关键。西葫芦根系生长最适宜的温度是 20～22℃，最高温度是 28℃，最低温度是 6℃，低于 12℃，根系生理活动受阻，低于 6℃，根系基本停止生长，5℃以下它容易受冻而死。因此，在管理中一定要根据西葫芦品种调节好地温。如冬季地温过低时，一是要提高棚内温度，以气温促地温回升，二是要在冬季棚内采取全地膜覆盖，也可在西葫芦的操作行内铺作物秸秆等酿热物，保温效果较好。

（2）合理浇水施肥　浇水不合理，土壤过干或过湿，对根系影响都很大，尤其是中午地温高时突然浇水，最容易导致毛细根受伤。因此，西葫芦在浇水时最好选在上午 10 时以前，浇水 1 次量不要过大，切忌大水漫灌，尤其深冬期要特别注意。土壤见干见湿时要及时划锄，以增加土壤的透气性，促进根系的生长发育。施肥一定要注意不要一次施用过量，以免肥大烧根，尤其要注意在深冬期不能冲施含氮量过高的肥料，以防此类挥发的氨气熏坏西葫芦。

（3）重视生物菌肥的使用　生物菌肥有改良土壤结构，增强土壤肥力，抑制土传病害的功效，因此，菜农在追肥时一定要注意生物菌肥的配合施用。如每亩每次可追施大源一号生物菌肥 30～50kg，对西葫芦根系的养护效果显著。

（4）严防土传病害和地下害虫的为害　各种病虫害要及时预防，防患于未然。如防根腐病等土传病害可用 72.2％的普力克（霜霉威）600 倍液混 DT（琥珀酸铜）500 倍液灌根；防根结线虫病可每亩地撒施 10％福气多（噻唑膦）颗粒剂，或用 1.8％的阿维菌素 4000 倍液灌根。害虫主要是蛴螬、蝼蛄、金针虫、地老虎等，可用 50％的辛硫磷 800 倍液混 48％的乐斯本（毒死蜱）800 倍液提前灌根预防，均能达到好的效果。

119. 促使早春西葫芦早熟的措施有哪些

西葫芦的早熟栽培是生产者追求的目标之一，因早熟的西葫芦可提高经济效益，及早地弥补市场上的短缺。同样的品种，采取以下管理措施可以促使其早结瓜。

（1）适当的短日照和低温管理　短日照也可促进雌花的发生，但花芽的分化及雌花的生长与温度有关。温度与日照相比，温度是主要条件。日照 8～10h、昼夜温度为 15～20℃，第一雌花出现的节位和节成性为：温度越低，日照时数越短，雌花出现越早、节成性越高，否则相反。

在温度和日照的管理中应注意以下现象，在白天 20～25℃、夜温 10～15℃。日照长度 8h 的条件下，不但雌花多，而且子房和雌花都比较肥大。但对未受精的花朵来说，日照短于 7h 反而比长于 11h 的坐果少，不过超过 18h 的长日照则不会坐果。受精花朵的坐果则不受日照长短的影响。

（2）增强光照　西葫芦既喜强光又耐弱光，以 11～12h 的强光照最适宜，尤其幼苗期光照充足，可使第一雌花提早开放，并能增加雌花的数量。盛果期对强光的要求更高。晴天多，光照强能提前收获并提高产量，否则相反。

（3）生长调节剂的应用　同样的栽培措施，同样的品种。施用生长调节剂类物质，不但能提高坐果率，而且还能提高膨瓜速度，从而促早熟，早上市。据实测，用 50～100mg/kg 的 2,4-D 和 750～1000mg/kg 的强力坐瓜灵（由吡效隆、硼、锌、锰、花青素等多种营养成分螯合而成）在西葫芦的花期进行涂抹，不但能促进西葫芦的早熟，还能提高坐果率和产量。

因此，在生产上要想让西葫芦早熟，除了选早熟品种外，在生产上应掌握雌花性别决定前给予短日照，并适当控水控肥，抑制营养生长。性别决定后和雌花开放时，应增加光照强度，适当延长光照时间，并适当加大肥水，也可以采用有把握的生长调节剂类物质以提高产量和熟性。

120. 日光温室西葫芦槽式有机型无土栽培有哪些关键措施

（1）栽培设施　①栽培槽。用砖垒成南北向栽培槽，槽内径 48cm，槽高 24cm，槽距 72cm；也可以直接挖半地下式栽培槽，槽宽 48cm，深 12cm，两边再用砖垒两层。槽内铺一层厚 0.1mm 的塑料薄膜，膜两边用最上层的砖压住。膜上铺 3cm 厚的洁净河沙，沙上铺一层编织袋，袋上填栽培基质。②栽培基质。有机基质的原料可用玉米秸、菇渣、锯末等，使用前基质先喷湿盖膜堆闷 10～15 天以灭菌消毒，并加入一定量的沙、炉渣等无机物，1m³ 基质中再加入有机无土栽培专用肥 2kg、消毒鸡粪 10kg，混匀后即可填槽，基质一般 3～5 年更新 1 次。③供水设备。用自来水或水位差 1.5m 以上的蓄水池供水外管道用金属管，温室内主管道及栽培槽内的滴灌带均用塑料管。槽内铺滴灌带 1～2 根，并在滴灌带上覆 1 层厚 0.1mm 的窄塑料薄膜，以防止滴灌水外喷。

(2) 无土嫁接育苗　①催芽播种。寿光市在 10 月上旬将西葫芦与黑籽南瓜种同时浸种催芽，种子露白后播种。用穴盘无土育苗，按草炭：蛭石为 2：1 配好育苗基质，1m³ 基质中加入 5kg 消毒鸡粪和 0.5kg 蛭石复合肥，混匀后填入 50 孔吸塑盘。苗盘浇足水后每孔点入 1 粒种子，上覆蛭石 1.5cm。出苗前温度保持 28～30℃，出苗后降温，白天保持 20～25℃，夜间 12～15℃。②嫁接育苗。砧木与接穗苗子叶展平后即可进行靠接法嫁接，嫁接苗栽入 10cm×10cm 的营养钵（基质配制同穴盘），钵内浇足水，插拱盖膜，遮光保湿，相对湿度 90% 左右，温度白天 25～28℃，夜间 18℃。3 天后逐渐见光，5 天撤去覆盖物，10 天左右嫁接苗愈合好后接穗断根。昼温 20～25℃，夜温 12～15℃，保持基质湿润。约 30 天，苗 3 叶 1 心时即可定植。

(3) 定植　定植前先将基质翻匀整平，每个栽培槽均进行大水漫灌，使基质充分吸水。水渗后，西葫芦按每槽两行对角扒坑定植，基质略高于苗坨。株距 45cm，每亩定植 2500 株。栽后轻浇，令基质与西葫芦的根系密接即可。

(4) 栽培管理　①肥水管理。定植后 7～10 天浇 1 水，以保持基质湿润；坐果后需水量增加，晴天每天上午浇 1 次水，每次 20min。阴雨雪天可视具体情况少浇或不浇。棚内经常通风，进行气体交换和降低空气湿度，以减轻病害的发生。定植 20 天进行追肥，此后每隔 10 天追肥 1 次，每次每株追专用肥 10g，坐果后每次每株 25g。肥料均匀撒在距根 10cm 处，或在距根茎部 10cm 处将肥料埋入基质，随后浇水。冬春季棚内进行二氧化碳气体追肥，可提高植株抗逆性和产量。②温、光管理。定植后，棚内温度保持白天 20～25℃，夜间 12℃，防苗徒长。坐果后提温，白天 25～28℃，夜间 12～15℃。若昼温常高于 30℃，易形成生理障碍，影响花芽分化，造成高温失水型花叶和病毒病的发生。西葫芦喜光性强，栽培期间只要保证正常室温，不过分降低温度，应早揭晚放草苫，尽量让植株多见光。阴雨雪天加强管理，只要揭苫后棚温不下降过低，应早揭苫增光。阴雨天长期不揭苫，易导致叶黄苗弱，影响产量，且天气骤晴后植株易出现生理萎蔫。③植株调整与授粉。苗8～9片叶时吊蔓，令主蔓直立生长。及时摘除侧芽、卷须及病残老叶，以免消耗养分，保持主蔓的正常生长和结果。雌花开后，于早晨6～9时摘取雄花进行人工授粉，或用20～30mg/kg的防落素涂抹雌花柱头，以提高坐果率。

（5）采收　西葫芦播种至根瓜采收约需60余天。瓜长至25cm左右，瓜茎粗3～4cm时即可采收上市。以后要及时采瓜，避免采收过晚导致瓜坠秧，影响产量。

121. 日光温室西葫芦套袋栽培包括哪些关键技术

（1）袋型选择　膜袋可选用0.001～0.005mm厚的聚乙烯转光无滴透气微膜制作的专用袋，膜口预留约10mm宽绑扎带；下端留一个透气孔；纸袋选用柔韧性好、透气性强的食品包装纸或果品套袋专用纸，袋的一端为套入口，另一端有渗水孔。西葫芦袋体长25～30cm，直径8～10cm。一般要求冬季、早春弱光下选用膜袋，春季强光高温下选用纸袋。

（2）套袋时间　西葫芦连续坐果、连续采摘，套袋也应连续操作。西葫芦授粉后1～2天为最佳套袋期。套袋应选在早晨露水干后到傍晚前进行。

（3）套袋方法　选择果形端正、长势良好的幼果进行套袋，去除病虫果、畸形果。套纸袋时，先将袋体和通气孔撑开，手执袋口下2～3cm处，然后将果袋套在果实上，折全袋口，于丝口上方从连接处撕开将捆扎丝沿袋口旋转一周，扎紧袋口，捆扎时应注意把幼果放在袋子的中央，使袋体保持宽松状态，以利于果实生长发育。套微膜袋时，先把袋子吹鼓，将果放入袋中央，套口紧贴果柄，左手捏住袋口的一边和果柄，右手把袋口折皱起来，用膜袋预留的绑扎带扎紧袋口。注意套袋时不能捏伤幼果或果柄。

（4）套袋期间用药　尽可能在害虫的低龄阶段和病害的发生初期进行防治，使用低毒、低残留农药和生物农药（如农用链霉素、苏云金杆菌、阿维菌素等），尤其是要减少内吸性农药的使用次数。严格农药的使用浓度、使用次数、使用方法，特别注意农药安全间隔期。棚室里由于相对密闭，气流交换缓慢，空气相对湿度多接近或处于饱和状态，施药方法及时间与防治效果的关系甚为密切。越冬茬从 9～10 月定植至翌年 3 月前施药时以熏蒸法和喷粉法为主，3 月以后随着温度的升高，棚室通风量不断加大，空气相对湿度不断降低，施药应以喷雾为主。定植后至翌年 4 月前一般在上午 12 时以前施药，4 月以后在下午施药效果较好。防治温室白粉虱、斑潜蝇时在上午露水未干时施药效果最好。

（5）套袋前后肥水管理　栽培管理中应强调增施畜禽粪便、堆肥等优质腐熟有机肥，可起到改善土壤结构、保持土壤水分、加速养分分解、增强植株抗性等作用。有机肥分解较慢，一般要求在播种或定植前 20 天施入土中。生产中还应大力推广配方施肥技术，根据土壤肥力、西葫芦产量及吸肥状况，配施磷、钾肥及叶面喷肥等，改善西葫芦品质、弱化套袋对果实品质的某些负效应。控制氮肥用量，改进施用方法，注意深施，施后盖土，使之与空气隔开，减少挥发流失。基肥宜深施，追肥沟施或穴施，充分发挥肥效。

（6）果实采收　套袋西葫芦成熟后应及时采收，若时间过长，会发生坠蔓，影响生长，同时果实品质也会下降。采收时按不同的套袋采取不同的处理方法，套纸袋的果实一次性将袋除去，可在采摘前 1 天进行。塑膜袋不必除袋，果实带袋采收，可起保鲜作用，延长货架寿命。

122. 西葫芦应用秸秆生物反应堆和植物疫苗技术包括哪些关键环节

西葫芦秸秆生物反应堆和植物疫苗技术，在反应堆专用微生物菌种作用下，将秸秆定向、快速地转化为西葫芦生长所需要的二氧化碳、热量、抗病微生物和有机、无机养料。主要技术如下。

（1）操作时间　应在播种或定植前 15～20 天建造完毕。

（2）秸秆和其他物料用量　每亩秸秆 3000～4000kg，玉米秸、麦秸、棉柴、花生壳、稻草、杂草、树叶等均可。牛、马、羊、兔等食草动物粪便 4～5m³，饼肥 100～150kg，严禁施用鸡粪、猪粪、人粪尿等非草食动物粪便。

（3）菌种、疫苗用量　每亩菌种 6～8kg，疫苗 3～4kg。

（4）菌种和疫苗使用前的处理　使用当天按菌种 1kg 掺麦麸 20kg、水 18kg，三者拌和均匀，摊薄 10cm 放 24h 后使用。如当天使用不完，摊放于阴暗处，厚度 10cm，第二天继续使用。1kg 疫苗掺麦麸 20kg、水 18kg，处理方法同上。

（5）内置秸秆生物反应堆的做法　在播种或定植前 15～20 天建造。整地后，按大行距 110cm、小行距 80cm 的布局，于小行位置开挖一条与小行长宽相等的沟，沟深 15～20cm，土壤分放沟两边，开完沟后，填铺秸秆，并在沟的两头使整秸秆露出地面 5～8cm，以便沟内通气，沟下部可填放整秸秆（如玉米秸、棉柴等），上部填放软质碎秸秆，填铺秸秆厚度 30cm，铺完秸秆后，将拌好的菌种按每沟用量均匀撒施秸秆上，然后用锨拍振一遍，将沟两边的土往秸秆上回填 15～20cm，整形造垄，逐沟进行大水漫灌，充分湿透秸秆，晾晒 1～2 天后，起垄找平，按 30cm 一行、20cm 一个进行打孔，孔径 2～3cm（14 号钢筋），孔深以穿透秸秆为准。

（6）定植与植物疫苗的使用　定植时在每一个穴内，放入一把处理好的疫苗，并与土壤掺匀形成栽植的穴坑，接着放苗，使掺匀的疫苗围住盖严根系，然后覆土浇水，每穴一碗，定植后 2～3 天浇一次大水，最后盖膜打孔，每两棵之间打 2 个孔，孔距 15cm，孔深以穿透秸秆层为宜。

123. 什么是西葫芦夏秋覆盖纱网遮阳防雨防虫栽培技术

为了充分利用夏秋季节日光温室闲置期，提高土地利用率，寿光市试验西葫芦纱网覆盖栽培，获得了成功，取得了良好的经济效益。

（1）品种选择　夏秋季节，由于气温高，光照强，特别适合蚜虫的繁殖和迁飞，因此应选择耐高温、抗病毒病、外形美观、生长发育快的短蔓型早熟品种。

(2) 播前准备　①翻地起垄。前茬收获完毕后，及时清除枯枝落叶及杂草，然后用小型旋耕机深翻2遍，翻后最好晾晒一周左右，最后耙平土地。起垄前每亩施腐熟鸡粪肥2000～3000kg、磷酸二铵40～50kg，其中2/3撒施，撒完后再浅翻一遍，其余1/3在做垄时条施于垄下。垄间距1.2～1.5m，垄高20～30cm，耙成龟背形，然后覆盖90cm宽的地膜，将膜贴紧垄背压紧铺平，既保墒又不利杂草生长。有滴灌条件的提前将滴灌带铺于膜下。②覆盖遮阳网和纱网（防虫网）。不要撤除棚膜，但要撤除温室前窗一幅棚膜，并彻底打开顶部通风口。在棚膜上覆盖一层黑色遮阳网，并在室前窗处和通风口处用20～22目的白色或银灰色纱网封严。这样既能遮阳又能防雨，还能阻止蚜虫、白粉虱等害虫迁入。③种子催芽。将西葫芦种子装入纱网袋中，放入3倍于种子体积的55～60℃的温水中不停搅拌，直至水温降到30℃，再浸泡6～8h。捞出后放入1％高锰酸钾液浸泡30min，而后将种子洗净。将处理过的种子用透气的湿毛巾包裹放入30℃左右催芽箱中催芽，每天淘洗一遍，一般2～3天约70％种子露白即可播种。

(3) 播种及出苗后管理　①播种。保种前先浇透水，待墒情合适时即可点种，一般多在4月下旬到5月初。每垄点双行，将露白的种子按三角形点种，隔埯点双粒。待第一片真叶展平时定苗，每亩保苗2300株左右。②诱雌。为提早结果，增加产量，一般需进行2次诱雌。第一次在2叶1心时喷施100mg/kg乙烯利液，第二次在3叶1心时喷施150mg/kg乙烯利液。

(4) 田间管理　①温度。幼苗出土后，生长迅速，苗期管理重点是以控为主，降低气温和地温，减弱光强，不浇水或少浇水，雌花现蕾后需及时打杈，保持主蔓结瓜。主要以降温管理为主，除按时覆盖遮阳网外，在异常高热的条件下，适时浇水，可使地面降温1～3℃，用清水直喷叶面，可降温1℃左右。同时喷施植物生长调节剂。西葫芦喷洒100～150mg/kg的比久（丁酰肼）溶液，可提高植株抗热性。到8月中旬，要及时撤去遮阳网，以防徒长，只留防虫网。②水肥。通常以追肥结合叶面喷施效果较好。幼瓜坐稳后，随水追施尿素 3～4 次，每次每亩 5kg 左右，同时叶面喷施 0.3％磷酸二氢钾液，喷 2～3 次。浇水时随水冲施腐熟人粪尿效果更好，膨瓜快，瓜秧壮。③授粉及吊蔓。当雌花开放时，由于没有昆虫传粉，应于开花当日清晨采摘刚开放的雄花去掉花瓣，将花粉轻轻涂抹于雌花柱头上，或用毛笔蘸取 30mg/kg 的 2,4-D 液涂抹于瓜柄。授粉后 7～10 天即可采摘嫩果。此时，西葫芦叶面积及株幅都较大，而且栽培密度高，叶片相互遮阳，采用吊蔓栽培的方式，既能提高光合效率，果实色泽又好，果皮光亮，商品性高。在生长中后期，打去下部老叶、病叶，保持主蔓结瓜。④采收。当果实长至 150g 左右时即可采收嫩果，根瓜宜早收。此茬次宜在 10 月 5 日前后拉秧，赶种越冬或冬春茬蔬菜。

（5）病虫害防治 夏秋季西葫芦重点防治蚜虫、病毒病、白粉病等病虫害。

 124. 西葫芦操作行内铺盖作物秸秆可防夏季棚内高温干旱吗

在冬季，不少菜农为达到保温降湿的目的，大都采用在日光温室西葫芦操作行内铺盖作物秸秆的方法，效果很不错。可到了夏季，大多数菜农都认为夏季棚内不需要再保地温了，就把操作行内的秸秆都清除了。其实夏季西葫芦的操作行内也应该铺盖秸秆。理由是：在西葫芦行内铺设秸秆可防夏季棚内高温干旱。

为防夏季棚内高温，菜农普遍采用加强放风、设置遮阳网、浇水等降温方法，可有时仍不能把棚内温度降下来。同时由于高温下水分蒸发快，土壤时常处于干旱状态，菜农不得不三天两头地浇水。而在西葫芦行内铺设作物秸秆后，不仅地温不会因为外界气温的升高而迅速升高，而且还能保住土壤水分，使其不至于蒸发过快。据观察，在西葫芦操作行内覆盖作物秸秆后，能降低棚内地温 4～5℃，并能把夏季每 5～7 天浇 1 次水延迟至 10～12 天浇 1 次水。不仅达到了降温、保温的效果，而且还因减少了浇水次数，节省了电钱。

这样做还有个更显著的好处是：因在西葫芦操作行内铺盖作物秸秆有效改变了日光温室内高温干旱的环境，从而减轻了日光温室西葫芦病毒病的发生。另外，西葫芦操作行内铺设秸秆后，操作行内的土壤不容易被踏实，透气性较好，这有利于西葫芦根系的生长发育。

由此可见，夏季在西葫芦操作行内铺盖作物秸秆非常必要。具体操作方法跟冬季相同，可在操作行内铺盖麦穰、玉米秸等，铺盖玉米秸时最好将其粉碎，这样西葫芦拔园后可直接将其翻入土中作底肥，增加土壤中有机质的含量。

这种方法降温保湿的效果非常好，且简便易行。建议菜农朋友冬季已经在西葫芦操作行内覆盖的作物秸秆先不要撤去，一直没覆盖的不妨在夏季高温季节覆盖上，一定会收到意想不到的效果。

125. 西葫芦夏季定植后怎样培育"壮棵"

夏季气候炎热，越夏西葫芦定植后常因棚室温度调控不好、管理措施跟不上等诸多因素，致使刚定植后的西葫芦幼苗长势弱、不发棵，这种状态如不及时解决，必然会影响到西葫芦的产量和效益。因此，管理的重点之一就是采取有效措施，促使刚定植上的西葫芦迅速"壮棵"。

（1）科学使用遮阳网　拉大昼夜温差，防止植株旺长。夏季温度较高，若棚内温度调控不好，刚定植上的西葫芦幼苗在长期温度较高的情况下极易出现旺长现象，因此，要想培育壮棵，防止西葫芦旺长，首先要把棚内的温度降下来。一般情况下，西葫芦应控制在 25～30℃，夜间应控制在 15～18℃，当棚内温度超过 35℃时，应在棚顶设置遮阳网降温（见书前彩图 4-2），注意遮阳网尽量只在中午阳光强烈的时候使用，忌全天覆盖，以免影响西葫芦正常的光合作用。夜间温度高于 18℃时，应采取放底风的方法将温度降下，将昼夜温差保持在 15℃左右。另外，生长前期控制肥水也是防止植株旺长的重要措施之一。对于已经出现旺长的西葫芦，可用助壮素 800 倍液叶面喷洒，控制其长势。

（2）中耕松土，追施生物肥，制造良好的根际环境　西葫芦若想棵壮，养好根系是关键。越夏西葫芦一般不覆盖地膜，可常进行中耕松土，以增加土壤的透气性，促进植株根系的生长发育，这也是西葫芦优质高产的基础。一般前期每浇一遍水后，在土壤见干见湿时，都要及时划锄，为植株制造良好的根际环境。另外，在追肥时，要注意生物肥的配合施用，因生物肥能改良土壤的结构，提高土壤的肥力，防止植株的根部病害，提高西葫芦的抗病抗逆能力，对培育西葫芦的壮棵有良好的作用。一般生物肥可采用穴施和冲施两种方式，穴施以每株施 50～100g 为宜，冲施以每亩 120～150kg 为宜，可在西葫芦定植后作提苗肥使用。

（3）以防为主，综合防治病虫害　夏季高温多雨，西葫芦在高温高湿的情况下极易发生病害，如病毒病、细菌性叶斑病等经常发生，常致使西葫芦生长不良，效益降低，因此应注意加强预防，可在病害发生前喷洒药物保护。如病毒病可用病毒 A 500 倍液混宁南霉素 300 倍液防治；细菌性叶斑病可用 47％的加瑞农可湿性粉剂 600 倍液或 DT 500 倍液防治，均可有效地控制病害的发展。

另外，夏季也是蚜虫、螨虫、叶蝉、白粉虱等害虫的多发期，应在风口处设置好防虫网，严防此类害虫潜入，对于潜入棚内的害虫可以在棚内悬挂黄板诱杀，也可用 3％的啶虫脒 1500 倍液混 10％的吡虫啉可湿性粉剂 2000 倍液防治，另外，及时清除棚外的杂草等害虫寄居场所，也是防治此类害虫发生的重要措施。

126. 防止越夏西葫芦早衰的管理措施有哪些

越夏西葫芦已进入结果盛期后，经常会出现植株萎缩、叶片变黄、果实成熟晚、产量低等现象，严重影响越夏西葫芦的产量和效益。这些情况是植株早衰的表现，是由于高温多雨、管理不当造成的，宜采取以下措施防止。

（1）合理整枝　①摘心：摘心的主要作用是防治作物植株徒长、减少养分过多消耗，促进植株多结果。②摘除老叶：要及时地摘除植株下部的老叶、枯叶和病叶，这样不仅可以减少营养消耗，又能有效地控制病害的传播和蔓延，有利于通风透光和降低温度，促进植株茁壮生长。根据长势及叶片老化程度决定是否去叶，每次去叶数量一般单株在 1～3 片叶内，去掉叶片后的单株最少应保持在 10 片功能叶以上。

（2）及时追肥　脱肥是造成植株早衰的主要原因之一。及时进行追肥，能为植株的生长发育提供充足的养分，这是防止植株衰老的关键性措施。追肥的最佳时期是果实坐住后，根据种植西葫芦的不同随水冲施一定量的复合肥或腐熟的农家肥。如西葫芦需氮和钾的数量大，可每亩每次冲施优质复合肥 40kg；结果盛期需求钾肥的量大，可每亩每次冲施硫酸钾复合肥 30kg。

（3）加强降温　在炎热的夏季，高温是造成植株早衰的最主要因素，因此在管理上应加强降温措施，调节棚内温度，使之达到适宜西葫芦生长的温度。常用的降温措施是拉大通风口、安装遮阳网、灌水降温。需要提醒的是使用遮阳网降温时一定要注意遮阳网的正确使用：仅在晴天中午前后 3h 左右的时间段内使用，不能全天使用，以防止弱光造成植株徒长而早衰。

（4）及时防病治虫　夏季高温季节，病虫害的重点防治对象是病毒病和虫害。

（5）及早采收　及早采收可防止坠住棵，预防植株早衰，同时可提高西葫芦连续坐果能力，提高西葫芦产量。

127. 新建日光温室如何改良土壤

新建的日光温室属于"生茬地"，土壤中肥料等养分虽然较少，但是其中的病原物和有害物质也较少，种植不抗重茬的蔬菜有优势。新建的日光温室也有劣势，就是土壤瘠薄，有机质含量低，肥力低，如何消除新建日光温室的劣势是生产的重点。

（1）改土　新建日光温室推土机等机械作业时，土壤原有的耕作层也就是我们说的"熟土"基本上被推成了后墙，温室内的土壤都是原有耕作层以下的土壤，也就是"生土"。如何进行改土是西葫芦高产的关键。根据土壤质地，可采用相应的措施改良。如果条件允许，可以适当地改良土壤组成，黏质的土壤，适当掺入沙土等；沙土则应掺入黏土，以改善土质。

（2）增肥　刚建好的日光温室土壤中有机质，氮、磷、钾等营养元素较少，在第一年要加大肥料的使用量，提高土壤肥力。大量施用粪肥等有机肥，但必须经过充分腐熟，均匀撒施后翻耕。鸡、鸭等家禽粪肥养分含量高，每亩可施用 15m³；牛马等家畜粪肥养分含量低，但其中有机质含量高，对于改良土壤效果良好，每亩可施用 25m³。为了提高新建日光温室土壤中有机质的含量，改良土壤，施用腐熟秸秆是一个很好的方法。将收获的玉米、小麦等的秸秆切短至 5～10cm，浸透，加入秸秆重量 3％～5％的尿素或相当数量的其他氮肥，然后加入专用的发酵菌种发酵。在一个月后完全发酵的秸秆就成为了优质的有机肥。尤其对于黏质土壤来说，使用充分腐熟的鸡粪、牛粪等禽畜粪肥和秸秆改良土壤效果非常好。另外，粪肥含氮量较高，在翻耕土壤时应配合施用化学肥料，每亩使用高磷高钾的复合肥 80～100kg，并视当地情况适量施入微肥。

（3）深翻　建棚过程中，推土机等机械和人工的碾压使土壤变硬变板，严重破坏了土壤原有的结构。通过深翻土壤，增施有机肥，可以较好地疏松改良土壤，利于西葫芦根系的生长。撒好肥料后，翻耕土壤时最好不用旋耕机、犁等农具，尤其是旋耕机，其翻耕土层深度不够。人工用铁锨翻两锨的深度，使翻深达到 40～50cm，将施入的肥料深翻均匀。

（4）多施生物菌肥　因为是"生土"，土壤中的有害菌少，但有益菌同样缺乏。通过使用生物菌肥，可以快速地补充土壤中的有益菌，使其成为优势群落，促进西葫芦根系的健壮。新建日光温室施用生物菌肥的用量较大，最好普施与穴施结合。在翻耕土壤之前，将部分生物菌肥随粪肥等一起撒到温室内，深翻。定植时，在定植穴内撒上部分菌肥，可起到很好的作用。生物菌肥种类较多，新建日光温室解磷解钾菌不需要施用，施用的应该是含毛壳菌、放线菌等的生物菌肥。

以上的几种措施是相辅相成的，通过这几种措施的综合应用，可使新棚的劣势得到弥补，加上新棚本身的优势，新棚必将取得更高的收益。

128. 日光温室土壤积盐的原因和改良措施是什么

日光温室西葫芦生长期长，需肥量较大，菜农为争取高产，盲目增施化肥，经过多年的化肥积累，往往导致积盐的发生。化肥施入土壤以后，一部分被西葫芦吸收，一般利用率在20%左右，大部分随水流失或被土壤固定，这部分占总施肥量的80%左右。据研究，随水冲施尿素3天以后，1m以下的土壤水分含氮量增加80%以上，也就说明大部分尿素已经流失。被土壤固定的部分易生或盐类结晶物，被化肥污染的地下水矿物度高，易产生返盐现象。被土壤固定的盐和地下水上行导致的返盐，造成了土壤的积盐现象，具体表现为，地表出现白色的结晶物，特别在土层干旱和日光温室休闲期易发生。个别严重的地块出现青霉和红霉，应视为磷、钾过剩所滋生的微生物，据此可判定土壤积盐的状况。

改良措施：①以水洗盐。日光温室西葫芦收获后，利用休闲期深耕整平，做成大畦后放大水浇灌1～2次。也可在6～9月将棚膜揭掉，让雨季的自然降水充分淋溶土壤，降低土壤耕层盐分浓度。②种植吸盐作物。利用休闲阶段，种植苜蓿、绿豆、大豆或玉米，为不误下茬蔬菜种植，可作为牲畜的青饲料及时拔除。③增施有机肥料。每亩可增施牛马粪若干方，也可把作物秸秆铡碎，深翻撒施于土壤中，每亩施用1000～1500kg为宜，如果施用草炭或稻壳、麦壳10m³以上，效果更好，可配合基施优质猪肥或鸡粪10m³以上。注意有机肥在施用前一定要腐熟。④冲酸压碱。如果测试pH超过7.5时，每亩土壤随水冲施乙酸溶液（食醋）10kg左右，也可随水冲施磷酸铜2～3kg。

以上改良盐渍化土壤措施，要因地制宜，可根据实际情况分别实施，也可综合运用。

129. 如何预防日光温室地表土结皮、不渗水

在种植多年的或者使用推土机新建造的西葫芦日光温室，土壤团粒结构往往会遭到严重破坏。主要表现为：土壤表层形成片块状、土壤黏重、透气性差、渗水慢。

（1）发生原因　①过量使用化肥造成。科学合理地使用化肥能提高西葫芦产量，改善品质；但过量使用，不仅不利于改善西葫芦品质的提高，而且还破坏土壤的团粒结构，造成土壤板结，影响土壤的通透性、渗水缓慢；有时造成日光温室土壤发生多次生盐渍化。这种情况多出现在种植多年的温室。②使用推土机筑墙体的新建日光温室，推土机把熟土层（即耕层）推到墙体上，而留下的耕作土壤为原来的生土层，土壤中有机质含量较低，土壤团粒结构很少，多为柱状或块状结构，土壤非常黏重，通气性、透水性极差，不利于西葫芦根系的生长发育；土壤缓冲能力弱，易造成盐分积累，发生次生盐渍化。③优质有机肥投入量少，改良土壤、培肥地力的土壤有机质含量不高，更新缓慢所致。④大水漫灌或沟灌，破坏了灌溉行土壤团粒结构，土壤板结，通气性、透水性能变差。⑤西葫芦定植后，栽培管理期间，操作行土壤被踩压、踏实，也是造成土壤板结的重要原因之一。

（2）解决方法　①增施有机质含量高的有机肥料。必须特别注意有机肥料中有机质的含量，只有高有机质含量的有机肥料，才具有培肥地力、改良土壤的效果，而含氮量高、矿化程度高的有机肥料改良土壤效果不十分明显；如鸡粪含氮量较高，矿化程度高，在土壤中分解较快，培肥地力、改良土壤的效果较差。②实行秸秆还田。较好的有机肥资源包括：麦穰、麦糠、粉碎的玉米秸秆等，其有机质含量高，改土效果非常明显。一般在西葫芦定植前 20～30天，每亩使用 1000kg 左右的秸秆、灌足水、盖上地膜、盖严日光温室薄膜、闷棚，既具有良好的改良土壤的效果，还能有效地消除日光温室土壤的次生盐渍化。③使用松土精。"松土精"是英国汽巴净化水处理有限公司采用国际尖端科学技术生产的高科技、高效

土壤改良剂。它能有效地增加土壤团粒结构，消除土壤板结；使土壤渗水、保肥、保水能力大大增强；提高土壤的通气性，促进土壤有益微生物的生长发育，提高肥料利用率，减少土传病害的发生。西葫芦根系粗大，增产效果明显，冬春低温季节表现尤为突出。据测定，每亩使用 500～1000g，改良效果明显。可作基施、冲施肥施用。

130. 日光温室土壤恶化有哪些表现？如何治理

（1）表现及原因　①土壤板结，有机质匮乏。大量施用化肥，忽视有机肥的施用，致使土壤肥力衰退，有机质匮乏。由于透气性降低，好氧性微生物活性下降，土壤熟化慢，造成土壤板结，西葫芦根系发育不良，影响生长。②土壤盐渍化程度加重。过量施用化肥后，土壤中盐离子增多，pH 值升高。使土壤盐渍化加重，妨碍西葫芦根系正常吸水，影响生长。③微量元素缺乏。日光温室西葫芦多年连作，不断吸收土壤中的锌、硼、钼、铜等微量元素，致使土壤中严重缺微量元素影响西葫芦的生长发育。再者，由于微量元素的使用不合理，即便使用了一些微量元素，但仍表现出缺素症。④熟土层变浅。西葫芦多实行多茬连作，翻地较浅，导致耕作层逐年变浅。⑤病虫害积累。连作使病菌虫害在土壤中不断积累，危害加重，根系因而受害腐烂，甚至全株枯死。由于病虫害严重、农药使用量增加，造成土壤和西葫芦污染。

（2）治理方法　①轮作换茬。一块地里不要年年季季种一个品种的蔬菜，可进行轮作换茬种另一类蔬菜品种，可减少病虫害发生，减轻毒素的毒害作用。②增施有机肥或生物菌肥。施用有机肥或生物菌肥，如百奥、金满田、肥田生等，改善土壤团粒结构、增强土壤透气性和保水保肥蓄热能力，使土壤疏松肥沃，缓解土壤盐渍化，促进蔬菜根系发育，提高其抗病抗虫能力。若棚土板结时，也可用免深耕喷洒棚地。③适当休闲。种植多年以后，可以把握季节，适当休闲，恢复地力。④施用微肥。可作底肥或根外追肥，以补充土壤中含量不足，作基肥的锌肥（硫酸锌）每亩施 1～1.5kg、硼肥

（硼砂）0.3～0.5kg、钼肥（钼酸铵）0.1～0.2kg、铜肥（硫酸铜）1～2kg、锰肥（硫酸锰）2～3kg。根外追肥的用量为0.05％～0.2％硫酸锌，0.1％～0.25％硼砂，0.02％～0.05％钼酸铵，0.1％～0.2％硫酸锰。⑤深翻土地。在每茬蔬菜种植时利用间隔时间进行深翻土壤，加厚熟土层，增强土壤蓄水保肥能力。以深翻30cm以上为宜。

131. 日光温室改良土壤、培肥地力的措施有哪些

温室如果利用机械化作业（拖拉机下碾压、挖掘机上土），熟土层几乎全部用于驻修墙体，生土层要达到形成一定的团粒结构，需要足量的有机质和有益微生物，通过微生物的活动分解有机物质，才能熟化土壤，达到土壤中水、温、气、热的协调，为作物的健壮生长提供基本条件。

根据寿光西葫芦的种植经验，一年一大茬西葫芦每亩产量达到18000kg以上，土壤的改良和提供的肥料必须满足以下几点。

（1）增施有机肥料 每亩施用有机肥15m³以上。有机肥指肥力较高的鸡粪肥、猪圈肥、人粪肥，有机肥要利用高温季节充分腐熟3个月左右，作物秸秆每立方可用2kg碳铵，堆沤进行数周氨化处理（用薄膜覆盖、洒水、堆沤），日光温室内普遍撒施1000kg以上，然后深翻于地下。

（2）其他肥料配合基施 每亩日光温室撒施120～160kg煮熟的大豆或豆饼，硫酸钾复合肥80～100kg、磷酸二铵30kg、尿素40kg、生物有机肥（EM菌或CM菌或毛壳菌、激抗菌、酵母菌等）60～120kg，均匀撒施于地面。并适当施用钙、镁、硫、铁、铜、硼、锌、钼、锰等中微量元素。

（3）深耕细作，精细整地 普遍深耕30～40cm，旋耕机一般达不到该深度，可利用人工深翻，最低不得少于30cm。均匀整地，达到土肥合一。

（4）灌水及高温闷棚 整畦后，顺畦灌水，要浇匀、浇透。新日光温室在没有覆盖薄膜的情况下，可用薄膜覆盖地面，高温闷棚

10～20 天，以地表温度达到 60℃ 以上为宜，该温度可杀灭土壤表层的微生物和害虫虫卵，也可使有机肥进一步发酵腐熟。高温闷棚揭膜以后，以地面出现菌丝为最好，然后起垄或整畦进行移栽。采用高温闷棚措施，不能基施生物肥或生物菌原液，应在起垄或整畦时施用，也可在移栽时沟施或穴施或冲施。

（5）深耕及配套措施　每隔一年，深翻地一次，深度一般要求达到 30cm 以上，可结合休闲期种植苜蓿或豆科作物，实行压青改土，培肥地力。实施轮作换茬，最好西葫芦与其他类作物轮作。根据土壤 pH 值情况，及时采取措施调节。西葫芦种植一年以上的日光温室，应进行一次土壤消毒处理，以杀灭土壤中的害虫和病原菌。

132. 如何改良土壤透气性

土壤透气性差、板结，最易发生内涝，根系得不到充足的空气而受到伤害，常表现为闷根、烂根，进而导致西葫芦早衰减产。

改良措施　在日光温室西葫芦的管理过程中，要因地制宜，适时、适量浇水，冬季和早春要小水浇，要隔行浇，切忌大水漫灌或浇水过量，在地下水位高、黏质土地上尤其如此。解决土壤透气性的关键在于增施有机肥，培养土壤的团粒结构，在普遍增施有机肥的基础上，顺栽培行挖沟（30cm×30cm），顺沟施用稻壳、麦壳或草炭土或牛马粪或作物秸秆，并撒施生物菌肥或顺沟冲施生物菌液，适当增施甲壳素，以发酵腐熟有机质，将是解决土壤透气性的好做法。

133. 如何用石灰氮进行土壤消毒

（1）消毒方法　①时间。选在作物收获、田园清洁后进行消毒，一般为 7～9 月份，此时期距离下茬作物种植有 2～4 个月，正是夏秋季节温度高、光照好的有利时机。②撒施有机物。每亩施用稻草、麦草或玉米秸秆（最好铡切为 5cm 左右的小段，以利耕翻整地）等有机物 1500～2000kg，或未腐熟鸡粪 2000～3000kg。石灰氮（氰氨化钙）颗粒剂 80～100kg，均匀混合后撒施于土层表面。③深翻混匀。用人工或旋耕机将撒施于土层表面的有机物和石灰氮均匀深翻于土中，深翻以 30cm 以上为好，应尽量使石灰氮与土壤的接触面积大。④起垄作畦。以垄高 25cm、宽 30cm 为宜，整平后做成宽 1.8m 的畦（一个棚间距做 2 个畦），也可以按定植行距起垄。⑤密封地面。用透明薄膜将土地表面完全覆盖封严（立柱根用土或砖块压严）。⑥膜下灌水。从薄膜下灌水，直至畦面灌足湿透土层为止。⑦密封温室。修理好温室薄膜破损处，将温室完全封闭。利用日光加温，20～30cm 土层温度可达 50℃左右，地表温度可达 70℃以上，持续 15～20 天，即可有效杀灭土壤中的真菌、细菌、根结线虫等有害微生物。⑧揭膜晾晒。消毒完成后，翻耕畦面，3 天以后方可播种定植作物（定植前可移栽少量秧苗试验）。

（2）注意事项　消毒要做到"三严、三足、一不得"。"三严"：①石灰氮要撒严，必须全棚地面全部撒严，不留死角；②地面封严防漏气，有利于提高处理效果；③棚膜封严，尽量提高棚温和土壤温度。"三足"：①灌水要足；②封棚时间要足；③揭膜、晾晒时间要足，晾晒不足会影响秧苗生长。"一不得"：在作业前后 24h 内不得饮用任何含酒精的饮料，以防气体中毒。

134. 石灰氮土壤消毒后为什么要配合施用有机肥生物肥

采用石灰氮结合高温闷棚进行日光温室土壤消毒，在杀灭土壤有害土传病病原微生物（如立枯丝核菌、疫霉菌、腐霉菌、青枯菌、枯萎菌等）根结线虫等的同时，把土壤中有益的微生物（如固氮菌、解磷钾的硅酸盐菌、放线菌、芽胞杆菌等）杀灭。未经腐熟的畜禽粪肥、人粪尿和作物秸秆有机物都含有有害病原菌，因此，所有有机肥应在日光温室土壤消毒前一起使用到日光温室中，与土壤同时进行消毒。消毒后，尽量不再基施未经腐熟的有机肥，以防重新传入有害微生物，造成前功尽弃。

经石灰氮消毒后，土壤中的有益微生物菌已被杀灭，如何尽快培育有益微生物菌群，是西葫芦生长发育所必需的，主要有以下 2 项措施。①定植前，顺栽培行沟施 EM 菌肥或 CM 菌肥或酵素菌肥（施用正规厂家生产的）100～150kg，施后小水顺沟浇灌或隔行浇水一次。②定植前，随水冲施微生物菌原液每亩 2kg；定植后冲施微生物菌原液 2～3 次，每隔 10 天 1 次，每次每亩 2kg 左右。也可以两种方法结合施用。注意在施用微生物菌肥以后，不再使用杀菌剂土壤消毒或灌根，植株无病害症状时少喷施化学杀菌剂。

五、病虫害防治

135. 深冬西葫芦防治病害要抓好哪 3 点

深冬季节棚内低温、高湿、寡照的环境，为病害的发生创造了有利条件，再加这段时期西葫芦生长势弱，抗病能力差，易造成病害发生流行。为控制病害的发生发展，管理中一定要抓好以下3点。

（1）强化环境调控　其方法有三：①可通过种植行覆盖地膜和操作行覆盖麦草，或者全棚覆盖地膜的方法减少土壤水分的蒸发，降低棚内湿度。②可在后墙张挂反光幕，增强棚内光照强度，提高棚内温度，避免田间遮光，诱发病害。③可采用两次放风的方法，排除棚内湿气，同时还能排除棚内有害气体，补充棚内二氧化碳浓度。

（2）提高西葫芦自身抗病能力，其方法有二。①叶面喷肥，补充植株生长需求，提高植株的抗病能力。正常情况下可喷施磷酸二氢钾300倍液或乐得叶面肥1000倍液等。对于植株长势偏弱的植株可叶面喷施云大120 600倍液混加核苷酸叶肥500倍液（以核苷酸精为主要载体，与氮磷钾及其他中微量元素、多种有机营养元素，经过三次发酵后螯合而成）进行调节。②促进根系生长，提高养分的吸收利用率，确保植株正常生长。

（3）合理使用化学药剂。在高湿的环境下，喷药常会增日光温室内湿度，不利于防治病害，特别是在连阴天的情况下，喷雾防病效果会很差，因此应采用喷雾、熏烟相结合的方法防治病害。如灰霉病和菌核病，可采用熏施菌核净、喷施扑海因的方法进行全面防治。但在熏用菌核净时一定要注意菌核净用量和熏烟时间的控制。

一般情况下每亩用菌核净200g，熏烟时间应控制在6～8h，若熏烟时间过长，容易产生药害。

136. 为什么要及早清除日光温室外的杂草

在温室前后，往往有几米的空地，疏于管理，杂草丛生。温室外的杂草对温室西葫芦生产虽没有直接的影响，但它们的间接危害却不容忽视。杂草对温室的危害可以分为以下2个方面。①杂草为病虫害提供越夏场所。每年6月份、7月份，温室西葫芦进入换茬期。但是在换茬之前，害虫、病原菌等多已传播到温室外，而温室外的杂草就成为了病菌、害虫首先侵染的目标。害虫和病菌在温室外的杂草上安全越夏。在秋茬西葫芦定植后，害虫、病菌会再度传入温室内，构成了病虫害的循环。其中，以病毒病的传播最为典型，病毒必须进行活体寄生，主要通过粉虱、蚜虫等刺吸式昆虫传播。蚜虫、粉虱等传毒昆虫在迁飞的过程中，也可把病毒传播到温室外的杂草上，再由温室外的杂草传播到秋茬西葫芦上，这也是造成近几年病毒病为害日益严重的主要原因。而害虫和病毒等，都是在温室外的杂草上度过炎夏的，是秋冬茬西葫芦最主要的病原物传染源。因此，清除温室附近的杂草，可切断病虫害传播的途径，减轻温室内病虫害的发生。②杂草是病虫害传入、传出的中转站。温室作为一个相对封闭的环境，病虫害在温室间的传播较为有限。温室内基本没有大型昆虫，粉虱、蓟马等小型害虫迁飞距离有限，需要有较近的中传站"停靠休息"，温室外的杂草正好充当了这一角色。冬季，害虫在温室内越冬，春季气温升高后再从温室飞出，首先占领温室外的杂草作为"落脚点"，然后不断向邻近的温室或大田扩散。清除温室外杂草，可使害虫、病原无处藏身，明显降低病虫害传播的范围。

清除温室外杂草的方法很多，可视不同的情况选择翻耕、人工拔除、喷洒除草剂等方式。若温室前空地较大，可以将空地翻耕，种植玉米等作物，减少杂草的发生。温室外杂草较少时，可直接人工拔除。

但最常用也最有效的方式是喷施除草剂。在杂草出土前，可在土壤较湿润时喷施 12％恶草酮乳油 250 倍液或 20％乙草胺可湿性粉剂 200 倍液等芽前芽后除草剂；在杂草出土后，则可喷施 10％草甘膦水剂 30 倍液或 20％百草枯水剂 300 倍液等灭生性除草剂。对于茅草、芦苇等多年生杂草，杀灭较为困难，可分两次喷药。第一次选用较低浓度，如按说明书所标浓度的 1/2，即 10％草甘膦水剂 50 倍液，不要很快杀死叶片，而是让叶片不断吸收药物，增加传导到根部的药量。此后 10 天左右，再喷一次正常浓度的除草剂，即 10％草甘膦水剂 30 倍液，可达到较好的杀灭效果。在喷药后，覆盖上较厚的一层麦草等作物秸秆或黑色薄膜，灭草更为彻底。喷施除草剂的器具应为专用或经充分清洗、浸泡后再用。

137. 初夏谨防蚜虫进入日光温室

5 月份、6 月份是蚜虫发生的高峰期。蚜虫一旦达到一定密度或生活环境条件恶化，就会产生大量有翅蚜，向其他地方转移，称之为迁飞。比如小麦收割前后，麦长管蚜、麦二叉蚜、桃蚜等产生大量的有翅蚜，向其他作物上迁飞，过程中不断在杂草、树木上试探取食，因而可能把携带的多种病毒传播开来，成为病毒传播的重要途径。因此，在 5 月份、6 月份，要特别注意各类蚜虫的防治，避免其迁飞到温室西葫芦上危害或传播病毒。

根据初夏气候特点，结合蚜虫的发生规律，对蚜虫应该采取综合防治技术

（1）及时喷药防治　如果气温持续升高，又没有大的降水过程，一般到 5 月上、中旬，小麦、果树等上的蚜虫开始暴发。若防治不及时，蚜虫密度过大，就容易产生大量有翅蚜迁飞，传播病毒。考虑到防治西葫芦病毒病的需要，最好在有翅蚜迁飞之前，将蚜虫消灭在毒源植物（如小麦、杂草、果树等）上。应掌握好防治适期和防治指标，及时喷药减少蚜虫数量，控制为害。可用 10％吡虫啉可湿性粉剂 2000 倍液、3％啶虫脒乳油 1500 倍液等喷雾防治。

（2）灭除杂草　杂草尤其是多年生杂草，是病毒重要的毒源。灭除杂草，可以明显减少毒源，降低蚜虫带毒机会，减轻蚜虫传播危害。

（3）利用天敌和粘虫板　瓢虫、食蚜蝇、草蛉等天敌昆虫可直接取食、消灭小麦蚜虫；蚜霉菌在阴雨天气易于传播侵染，造成蚜虫大量死亡；蚜虫对黄色敏感，使用黄色粘虫板可粘杀蚜虫，在日光温室中应用，可以在第一时间粘杀蚜虫，是防止蚜虫传播病毒、繁殖危害的重要手段。

138. 西葫芦病害防治要抓好哪些关键时期

西葫芦苗期和结瓜初期是病害发生为害的两个关键时期，只要抓住这两个关键时期，本着"预防为主，综合防治"的指导方针防病，其效果必然较为理想，也就大大地降低了防治成本。

苗期是西葫芦病害最易发生的时期，主要有卵菌、真菌引起的疫病、猝倒病和枯萎病，有土壤湿度过大引起的西葫芦炭疽病、蔓枯病和菌核病等，也会有病毒病。

要抓住这些病害防治的关键时期防病。应采取以下措施。①对种子进行消毒处理，用30％倍生（苯噻腈）乳油1000倍液浸泡西葫芦种子6h后带药催芽播种可防大多数真菌、卵菌病害；把西葫芦种子放在10％磷酸三钠溶液中浸20min，清洗后再播种可预防病毒病。②苗床要用无病新土，并用药剂处理，防止苗床带菌。现在多数菜农通过穴盘育苗或委托育苗工厂育苗，苗子进棚定植前用乙磷铝1000倍液混DT（琥珀酸铜）700倍液蘸穴盘苗的根部，然后再定植。③控制苗床浇水，防止苗床因湿度过大引发病害。尤其是对于一些喜高湿的病害，如疫病、炭疽病更应注意。因为一旦环境条件适宜，这些病害便大发生，很快造成严重为害。④夏季西葫芦育苗应注意苗床遮阳和降温，加强苗床管理，培育壮苗，提高苗子的抗病能力。⑤发病苗床或苗盘取苗定植前灌药，发现病苗及时筛除防侵染发病。

开花结果期西葫芦病害极易流行，对产量影响很大，是西葫芦病害防治最关键的时期。发病的主要原因是西葫芦由营养生长转入生殖生长，造成抗性下降，抗病性降低，给各种病菌的感染创造了有利条件。近几年有不少菜农反映，西葫芦坐瓜后霜霉病和细菌性角斑病严重发生就是这个原因。

其防治方法如下。①选择抗病品种，培育健壮植株，提高植株抗病性。秋茬西葫芦从 8 月份开始就陆续定植，由于前期温度高，因此首要的是选用抗病品种，也要加强高温锻炼，而对于冬季定植的西葫芦则要进行低温炼苗，并喷用爱多收 6000 倍液，以增强抗性，力求培育壮苗。②加强田间管理，及时追肥及叶面施肥，提高植株营养水平，及时摘除病老叶，加强田间通风透光。③在没有发病时，可喷用百菌清混 DT（琥珀酸铜）进行防病，如发现病害应立即喷施治疗剂进行控制。一般来说，对于感病品种的疫病、霜霉病等常发病害，在开花结果期应 7～10 天喷 1 次药，如普力克 600 倍液、克露（霜脲·锰锌）600 倍液等，连喷 3～4 次加以控制。

139. 如何从灰霉菌的特性看灰霉病的防治

到了冬季，尤其是进入 12 月中旬以后，西葫芦的灰霉病严重威胁着日光温室西葫芦的生产，要提高对灰霉病的防治水平，首要是了解灰霉菌的特性，再从其特性分析出发，制定出防治方案，确定防治方法。

灰霉菌是真菌中的葡萄孢菌，特点是腐生能力强而寄生能力弱，叫兼性寄生菌，因此，在灰霉病的发生发展过程中就有一些很特别的地方。主要表现在：①寄主范围广，常见的西葫芦品种几乎都会发生灰霉病，所以很难用更换品种如换茬进行防治。②灰霉很难从生命力旺盛的叶片、茎秆等生命力强的部位侵入。喷药防灰霉病时，这些部位是不用喷药的，如果发生了侵染必由已发病的果实或残花接触而引发、传染，所以在一般情况下，枝叶不发病。所以无需为防灰霉多次用药喷洒这些部位。③花朵开过之后，如果开始败落，由于生命力降低，正符合灰霉菌寄生能力弱、腐生能力强的特点，所以残花是灰霉侵染的理想部位，是灰霉的入侵点。灰霉菌先在残花上入侵，引发残花腐烂，再由此逐步向果实侵入，进而引起花萼和果实腐烂（见书前彩图 5-1、彩图 5-2）。所以残花是防治灰霉病的关键部位，是施药保护和防治灰霉病的重点。防住了西葫芦残花不染灰霉，就全面防住了灰霉病，避免了烂瓜烂果的损失。

针对花易先得灰霉病的规律，可以用人工摘残花，杀菌剂蘸花、喷花的方法防治灰霉病，其效果是最好的。人工摘残花被很多菜农认为是防治灰霉病的基本办法，好处是不用药物不污染西葫芦。缺点是较费工费时，残花多难被除尽，还会有相当一些果实仍会被害。有时菜农不注意摘除已生灰霉毛的花果防灰霉孢子的扩散，在摘残花时引起人为传播，从而使防效降低。蘸花和喷花时要配制腐霉利或异菌脲 300 倍液，把花和幼果蘸湿或以喷花卉的小喷雾器把花果喷湿，其效果良好。腐霉利和异菌脲具内吸性，不易生药害，用其较高浓度蘸花或喷花解决了残花有的部位未着药的问题，因此防效良好。通过蘸花药剂用加入杀菌剂来防灰霉病是一种误解。首先，蘸花其实是点"把"（柄），原是以 2,4-D 或防落素以极少的量涂抹西葫芦的果胎部位，其涂抹的部分，大小约为一个花生米粒大小，其用药量小，其中极少的杀菌剂又只是涂在果胎处，对残花的灰霉菌几无杀灭作用，所以是种误解和误导，生产中不要用这个办法，以免贻误了防治时机。

再是灰霉病孢子量大。在发病部位产生如一穗穗葡萄状的灰霉孢子，可随气流飞散到棚内各处，如灰霉病已经发生较多，则不光西葫芦植株上落满了灰霉孢子，棚中的地面、墙壁、棚膜等处也都是孢子密布，通过放风的气流一批批地播散，喷药防住了一批，还会再来一批，而喷药很难面面俱到。其遗漏部位，足会使病害发生，甚至相当严重。这也是为什么灰霉病难防治的原因之一。所以防治灰霉病要注意杀灭病原孢子。

杀灭灰霉孢子最好的办法是熏用烟剂。常见的有百速烟剂（主要成分为百菌清和速克灵），可以按说明书使用。寿光市菜农发明了用菌核净熏烟的防治办法，先把木柴或玉米芯点燃，待冒过烟后移入棚中，上散菌核净，每亩用 200g 发烟熏治，其效果超过了一些流通商品烟剂,菜农誉为"有特效"。为防药害,菌核净不能喷用,熏西葫芦时,时间应缩短为半个晚上。

因灰霉菌的腐生性强,所以一旦发生会引起果实腐烂,损失严重。故喷药防治灰霉时应在初发期,即刚开始有灰霉病发生的时候,过晚会遇上孢子量大的问题,影响效果。近几年,因抗性产生等原因,喷药的效果在明显降低,常用的杀灰霉药有多霉清(多·霉威)、农利灵(乙烯菌核利)、异菌脲、嘧霉胺等,应注意农药的交替使用和混合作用,因此,专杀灰霉药多应同百菌清混用,或相互混用。因怕嘧霉胺浓度高引发黄叶,或产生抗性,可改用 25% 菌思奇(啶菌噁唑)2500 倍液。喷药要同上述蘸花、喷花、熏用烟剂配合进行,才能有理想的效果。

140. 如何调整整枝打杈时间避免西葫芦染病害

细菌性病害的发生与日光温室内湿度过大有着密切的关系。尤其是在冬季,蔬菜在棚室通风较少、空气高温、叶片吐水的情况下,细菌性病害很容易发生。而西葫芦平时整枝、打杈造成的伤口,也很容易感染细菌性病害。若在棚内湿度过大的情况下进行上述农事操作,则为细菌性病害的流行创造了条件。因此在这种情况下,应学会调整整枝打杈时间,避免在棚内湿度过大的环境下进行整枝打杈工作,以此达到减少细菌性病害发生的目的。主要应注意做到以下几点。

(1) 整枝打杈要避免在上午棚内湿度较大的环境下进行 一般情况下,上午 9 时以前棚内湿度较大,西葫芦的叶片上露珠未干,若此时进行整枝打杈,极易感染细菌性病害。因此,整枝打杈最好选在下午进行,上午 9 时以前切忌进行整枝打杈活动,以免造成细菌性病害的侵染流行。

(2) 整枝打杈要避免在阴雨天气进行 阴雨天气棚内湿度长时间居高不下,最易造成细菌性病害的流行。若在此期内整枝打杈,留下的伤口极易染病。因此,西葫芦在整枝打杈时一定要注意选择晴好的天气,并注意避开阴雨天气。

（3）整枝打杈要避免在浇水后1～2天内进行　浇水后1～2天内，棚内湿度较大，此时也不利于整枝打杈，最好是选在浇水3天后棚内环境较干燥时再进行。

另外，还要注意在进行整枝打杈前喷一遍防治细菌性病害的药剂，做到防患于未然。如可用72％的农用链霉素3000倍液混DT（琥珀酸铜）500倍液叶面喷雾预防，效果较好。

141. 深冬期西葫芦重点要防好哪3种病害

深冬期低温高湿的环境条件，西葫芦最容易发生3种病害，一是灰霉病，二是菌核病，三是软腐病。要警惕这3种病害，早作防治。

（1）灰霉病　病菌最初多从西葫芦残花侵入，首先为花腐烂，产生灰色霉层，随后向幼瓜发展。原本健康的幼瓜也会腐烂，湿度大时病瓜上会产生灰色霉层，还会长出黑色小菌核。

防治灰霉病要蘸花、喷雾与烟雾剂熏蒸三结合：一是在蘸花药中加入扑海因500倍液预防；二是叶面喷用1000倍液的扑海因或农利灵1000倍液；三是闭棚后，在冒过烟的玉米芯上撒菌核净，然后移入棚内熏蒸，每亩用200g。为避免西葫芦发生药害，熏蒸时间可选在下半夜，并在第二天早上通风。

（2）菌核病　主要危害西葫芦的茎蔓和果实。呈水渍状腐烂，侵入果实，导致果实软化，长出白色菌丝，病斑上散生鼠粪状的黑色菌核。茎蔓染病，初呈水浸状褐色斑，后长出白色菌丝和黑色的鼠粪状菌核。病部以上叶及茎蔓枯死。菌核病与灰霉病一样，在湿度大的条件下发病重。防治办法同灰霉病。

（3）软腐病　主要危害西葫芦的根茎部及瓜条。病斑黄褐色，变软腐烂，根茎部受害，髓组织溃烂，湿度大时，溃烂处流出灰褐色黏稠状物，轻碰病株即折倒。瓜条受害，初呈水渍状，后逐渐变软，病部内部组织腐烂。病茎及病果腐烂后具有恶臭味，但无霉毛，这是同灰霉病和菌核病的区别。西葫芦软腐病，属胡萝卜软腐欧氏菌，该病病菌借雨水、灌溉水及昆虫传播，由伤口侵入，病菌

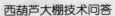

侵入后分泌果胶酶溶解中胶层，导致细胞崩裂，细胞内水分外溢，引起腐烂。阴雨天或露水未干整枝打杈、农田操作损伤使叶柄基地发生裂口会引起病菌侵染，常导致西葫芦软腐病的发生。软腐病属细菌性疾病，可用铜制剂如可杀得（有效成分为氢氧化铜）600倍液或DT 500倍液进行防治。

142. 如何从管理入手预防西葫芦"烂花"

造成西葫芦烂花的病害很多，要从发病症状上正确区分各类不同病害，做到对症下药，早防早治。

从发病症状上看，造成西葫芦烂花的病害主要有4种：①从开败的花腐烂，并有灰色霉层的多是灰霉病；②生浓密的白色霉毛，且病斑上散生鼠粪状的黑色菌核的多是菌核病；③生灰白色絮状霉层，其中带有黑色针头大小颗粒的是笋霉褐腐病；④初生白色茸毛，后生大头针状黑毛的是褐腐病。

灰霉病和菌核病的主要症状和防治方法见"141. 深冬期西葫芦重点要防好哪3种病害"。

褐腐病发病初期花和幼果呈水浸状湿腐，病花变褐腐败，病菌从西葫芦花蒂部侵入幼瓜，向整个瓜扩展，致病瓜外部逐渐变褐，表面生白色茸毛状物，后期可见褐色、黑色大头针状毛。高温、高湿条件下扩展迅速，干燥时半个瓜变褐，无法食用。该病可在开花前喷用40%百菌清600倍液或78%科博（波尔多液＋代森锰锌）500倍液预防。

三孢笋霉褐腐病危害西葫芦时，易引起花变褐软腐，又称花腐。该病不同于一般褐腐病，属三孢笋霉。病菌常从花蒂部侵入幼果，并向全瓜扩展，致病瓜外部变褐，湿度大时幼瓜腐烂，易掉落，且易生出灰褐色霉状物。该病可在开花期、幼果期发病前喷洒72%克露（锰锌·霜脲）700倍液或60%灭克（氟吗·锰锌）800倍液防治。

以上造成西葫芦烂花的4种病害都适应潮湿的环境条件，在棚内湿度大的条件下，易发病。因此要从管理上入手，合理密植，避免阴雨天浇水，并注意浇水后加大放风排出湿气，也要及时清除西葫芦的败花、病花和病叶，发现病瓜先套以塑膜袋，然后小心摘除带出棚外深埋或烧毁。

143. 冬季连阴天时如何科学用药

大家都知道，冬季连阴天西葫芦用药时很容易发生药害，造成西葫芦黄叶、化瓜等不良现象。因此，一直提倡要避免在冬季连阴天用药，可在病情严重时又不得不用药。那么，如何在冬季连阴天合理用好药，使西葫芦免受药害之苦呢？寿光市菜农总结了以下几项措施。

（1）合理掌握好农药的施用时间　冬季连阴天用药，一般尽量采用粉剂和烟雾剂，以避免增加棚内的湿度。必须使用药液喷雾时，一定要掌握好农药的施用时间和施用量，以免出现药害。冬季连阴天喷药，一定要选在上午进行，以便喷药后有充分的通风排湿时间。

（2）防喷药后药不干　药害发生原因有三：高温、药浓、药不干。其中药不干在阴天时常遇上，阴天湿度大，喷药后药水在叶片上长时间不干会对叶子表面形成伤害，也会增加一些具内吸性药物的吸收量，因此阴雨天喷药要防因药不干而产生的药害，可改喷药为喷粉尘剂或熏烟雾剂。

（3）阴天熏棚须严防气害　连阴天放风时间短或根本无法放风，由于棚内空气不易更换，容易造成有害气体在棚内积累而不能及时排出棚外，所以阴天条件下熏棚更容易产生气害。如有的西葫芦嫩叶叶边发白或叶片发黄；有的受气害后花蕾、幼果等容易脱落。而多数菜农误认为阴天熏棚是比较好的用药方式，殊不知如果熏棚后第二天天气不能转晴天或者依旧阴雪天气而不能放风的话，熏棚防病虫的药物作用时间过长会导致作物受害。所以说，阴天熏棚要看天气预报，如果连阴天熏棚就更要谨慎。

（4）连阴天突然转晴后不宜立即喷药　连阴天数天突然转晴后，西葫芦的叶面由于长时间光合作用不强，造成叶片薄、黄而嫩、纤维组织柔弱，这样很容易产生药害。应通风见光2～3天后再喷药，若西葫芦叶片有严重萎蔫现象要及时采用拉一个放一个草苫（拉"花帘"）（见书前彩图5-3）的遮阳方式。或用温水喷雾缓解。若病害严重急于用药防治，可喷用粉尘剂，因粉尘剂不会增加棚内湿度，防病效果也不错，同时加强农事操作，做到综合防治。

（5）要注意分清症状，对症用药　连阴天常常导致冬季日光温室西葫芦多种病害、气害、肥害、药害、生理性病害等发生，菜农朋友实际生产中应注意区分，对症用药，否则无论什么情况都一味地按病害用药防治，反而加重了西葫芦的受害症状，影响了正常生产。

 144. **日光温室进行土壤消毒时可选用的方法和药剂有哪些**

由于保护地设施的相对固定和保护地生产的多年连茬种植，常造成土壤和棚室中的病原菌、虫卵积累，尤其是一些土传病虫害连年发生，病情越来越重，这类病虫害如果不及时加以控制，会造成严重减产或降低产品质量，甚至造成绝产绝收。土壤消毒是控制土传病虫害的重要措施之一，已逐渐为广大菜农所接受。而消费者对无公害产品的追求，也对药剂防治提出了更高的要求。因此，必须更多地依靠农业综合防治措施，以达到对保护地内病虫害控制的目的。

（1）太阳能消毒　在保护地西葫芦采收拉秧后，清洁田园，多施充分腐熟的有机肥料，然后把地深翻平整好，在7～8月份，气温达35℃以上时，用薄膜覆盖密闭好棚室，土壤温度可升至50～60℃，甚至更高，这样高温处理约1个月，就可大量杀灭土壤中的病原菌和虫卵，减轻下茬西葫芦土传病虫害的发生。

（2）蒸汽热消毒　是用蒸汽锅炉加热，通过导管把蒸汽热能送到土壤中，使土壤温度升高，杀死病原菌，以达到防治土传病虫害的目的。这种消毒方法要求设备比较复杂，只适合经济价值较高的作物，并在苗床上小面积施用。

（3）药剂消毒　在播种前后将药剂施入土壤中，目的是防止种子带病和土传病虫害的蔓延。目前常用的药剂消毒方法有6种。①甲醛消毒法。每平方米用甲醛50ml，加水6～12kg，播前10～15天用喷雾器在棚内土壤上进行喷洒，用薄膜密闭盖严，播前一周揭膜，使药液充分挥发。②多菌灵消毒法。多菌灵杀菌谱广，能防治多种真菌病害，对子囊菌和半知菌引起的病害防治效果很好。用50%多菌灵可湿性粉剂，每平方米用药1.5g，能有效防治西葫芦苗期的多种病害。③百菌清消毒法。每平方米用45%百菌清烟剂1g熏棚5h，能有效杀灭西葫芦保护地内的多种真菌病害。④波尔多液消毒法。每平方米用波尔多液（配比为硫酸铜∶石灰∶水为1∶1∶100）2.5kg，喷洒土壤，对西葫芦的灰霉病、褐斑病、锈病、炭疽病等效果明显。⑤垄鑫消毒法。垄鑫（棉隆）是一种广谱性熏蒸杀线虫剂，兼治土壤真菌、细菌、地下害虫及杂草，作用全面而持久，防治效果达95%以上。一般每亩用98%垄鑫15～20kg，撒施或沟施，深度20cm，施药后立即覆土，并盖地膜密封，熏蒸10～15天，放风10天左右。⑥线克（威百亩）消毒法。把地深翻，做成畦，随水冲施，每亩用12～15kg，后盖膜熏闷，连续闷杀15天，放气2天，既能杀灭线虫，又能杀灭土壤中病菌。

（4）太阳能石灰氮消毒法　石灰氮是一种高效土壤消毒剂，具有消毒、灭虫、防病的作用。具体方法参阅"133. 如何用石灰氮进行土壤消毒"一问。

145. 日光温室土壤用药剂熏蒸前后应注意哪些问题

在多年的实际应用中，发现大多数菜农用药剂熏蒸土壤都取得了非常理想的效果，但也有个别农户虽然使用药剂对土壤进行了熏蒸但棚内的病虫害仍然没有得到很好的控制。究其熏蒸效果不佳的原因，主要存在以下几个方面的问题。

（1）熏蒸时间选择不当　采用土壤熏蒸剂进行土壤消毒要注意把握时机，选择在前茬作物收获后立即进行效果最好。因为此时根结线虫等病虫害大多聚集在土表，更容易集中杀灭。否则等病虫害迁移到土壤深层后再进行土壤消毒会降低效果。

（2）熏前操作不当　一般熏蒸剂要求土壤疏松，特别是耕作层，如果不翻土或翻土不深，土块太大、太实，土壤不疏松，土壤湿度太大或太小，盖膜不严或膜外压土，有的还留下了熏蒸死角，那么熏蒸效果就不理想。

（3）熏蒸不当　虽然有的菜农在使用某些熏蒸剂（如线克）熏蒸时，没有盖地膜或没有耕地等，也取得了不错的效果，但这与药剂用量、熏蒸时间、下茬作物、地温、土壤湿度等因素有很大关系，不能图省事，生搬硬套。

（4）再度传染　熏蒸剂只不过是把土壤中现有的病虫害消灭了，它不存在持效期，对再传入的病虫害无能为力。熏蒸后很快又发现线虫等病虫害的保护地，有的不是没熏好，而是再度传染了病虫害，多数是因为苗带病虫，有的则是熏后有雨水冲入带病虫的土粒、棚外病虫随鞋带入等。

（5）农用机具带线虫　土壤用药剂熏蒸后又使用了带线虫等病虫害的旋耕机、锨、镢等工具，再次把线虫等病虫害带入了棚中。

（6）熏后翻土过深　如果熏后翻土比熏前翻土深得多，甚至熏前不翻熏后深翻，就会把深层没熏死的线虫等病虫害翻上来。

（7）熏前使用了钙肥　钙肥能影响线克类熏蒸剂的作用效果，如石灰、钙镁磷肥、过磷酸钙等，如在使用线克之前早施上，必然熏蒸效果不好，甚至上茬用石灰太多的保护地，下茬用药剂熏蒸时也会有影响。

另外，保护地用药剂熏蒸后施用有效的微生物是良好的辅助措施，因为有的放线菌、杆菌等对线虫等病虫害有较好的抑制作用，并能形成优势菌群，抑制其他有害微生物的生长发育。

146. 如何识别和防治西葫芦蔓枯病

见书前彩图 5-4、彩图 5-5。

（1）症状　西葫芦蔓枯病主要危害茎蔓和叶片，也可危害果实。发病初期在茎基部附近产生水渍状长圆形斑点，后向上向下扩展成长椭圆形黄褐色病斑，当病斑横向绕茎一周，病斑以上部分植株即枯死；若茎基部与叶柄分生处受害，常使叶柄感病。湿度大时病斑腐烂，干燥时病斑呈灰褐色，上生许多小黑点，皮层纵裂。叶片受害先从叶缘开始，向叶内形成"V"字形黑褐色病斑，后期溃烂。果实受害，先在嫩瓜瓜条中部皮层发生水渍状圆点，后向瓜内部发展，引起瓜内软腐，瓜皮呈黄褐色水渍状。

（2）防治方法　发现病株及时拔除，收获后清洁田间，清除病残体。日光温室在定植前要进行消毒，可用福尔马林兑等量水，加热熏蒸。药剂防治。防治西葫芦蔓枯病的理想药剂为60%琥·乙磷铝或70%甲基托布津，其次为75%百菌清。从定植到根瓜坐住至根瓜采收后15天，各灌药液1次，是预防西葫芦蔓枯病发生危害的主要方法，可直接杀死土壤中的病原菌，降低病原基数，明显优于药液喷洒。通过药液3次灌根，可有效控制植株发病；即使发病，病情发展缓慢，对产量、品质影响较小。另外，对于药液喷洒的植株发病后，一旦遇到适温、高湿条件，病情蔓延迅速，要在病斑处涂抹两次高浓度药液，能有效降低原病斑的复发率。

147. 如何识别和防治西葫芦白粉病

见书前彩图 5-6。

（1）症状　发病初期在叶面或叶背及幼茎上产生白色近圆形小粉斑，叶正面多，其后向四周扩展成边缘不明晰的连片白粉，严重时整个叶片布满白粉。发病后期，白色的霉斑因菌丝老熟变为灰色，在病斑上生出成堆的黄褐色小粒点，后小粒点变黑。

（2）防治方法　选用抗病品种，如早青1代；生态防治，加强肥水管理，尤其是应加强湿度的管理，切忌空气湿度干湿交替出现；药剂防治。发病初期喷洒20%三唑酮乳油2000倍液，或农抗120（抗霉菌素）水剂200倍液，或50%硫黄悬乳剂250倍液，或27%高脂膜乳剂80～100倍液。

148. 如何识别和防治西葫芦绵腐病

西葫芦的绵腐病为真菌性病害。见书前彩图 5-7。

（1）症状　主要危害果实。有时也危害叶、茎及其他部位。果实发病呈椭圆形、水浸状的暗绿色病斑。干燥的条件下，病斑稍凹陷，扩展不快，仅皮下果肉变褐腐烂，表面生白霉。湿度大、气温高时，病斑迅速扩展，整个果实变褐软腐，表面布满白色霉层，致使瓜烂在田间。叶上初生暗绿色、圆形或不整形水浸状病斑，湿度大时病斑似开水煮过状。

（2）防治方法　生态防治。采用高垄栽培，提倡膜下浇水，避免大水漫灌。阴雨天也应注意排湿。露地栽培时，大雨过后注意排水，必要时可以把瓜垫起。生物防治。种西葫芦的土壤可以喷施激抗菌 600 倍液，使土壤中抗生菌大量生成，占优势后可抑制病原菌的生长，从而达到防病目的。药剂防治。发病初期可以喷洒 14% 络氨铜水剂 300 倍液，隔 10 天喷 1 次，连续 2～3 次。

149. 如何识别和防治西葫芦菌核病

西葫芦菌核病也属真菌性病害。见书前彩图 5-8。

（1）症状　主要危害果实及茎蔓。果实得病残花部先呈水浸状腐烂。后长出白色菌丝，菌丝上散生鼠粪状黑色菌核。茎蔓染病，初呈水浸状，病部变褐，后也长出白色菌丝和黑色菌核。病部以上叶、蔓枯死。

（2）防治方法　农业防治。上茬作物收获后及时深翻，深度要求达 20cm，将菌核埋入深层。物理防治。播种前可用 10% 的食盐水漂种 2～3 次，汰除菌核。也可采用高垄覆膜栽培（见书前彩图 5-9）抑制病菌出土，减少病源。种子和土壤消毒。播种前用 55℃ 的温水烫种 10min 即可将种子中混入的菌核杀死。也可对土壤进行处理，用 50% 多菌灵配成药土，每亩用药 2kg 加细土 20kg 拌匀。生态防治。棚室内上午以闷棚提温为主，下午及时排湿，相对湿度应控制在 65% 以下，防止浇水过量。药剂防治。发现病后，可采用 10％速克灵烟剂或 45％百菌清烟剂熏一夜，每亩每次用药 250g，隔 10 天喷 1 次，连喷 3 次。也可采用 50％速克灵可湿性粉剂 1500 倍液，或 50％扑海因 1000 倍液在花期喷施，7 天左右喷 1 次，连喷 3 次，效果很好。另外，上述药对成 50 倍液涂抹在瓜蔓病部，也有很好的治疗作用。

150. 如何识别和防治西葫芦黑星病

西葫芦黑星病属真菌性病害。

（1）症状　主要危害叶、茎及果实。发病初期，幼叶初现水浸状污点，后扩大为褐色或黑色斑点，易穿孔。茎上现椭圆形或纵长凹陷黑斑，中部易龟裂。幼果初生暗绿色凹陷斑，后发育受阻呈畸形果。果实病斑多疮痂状，有的烂成孔洞，病部分泌出半透明胶质物，后变成琥珀色块状。湿度大时，上述各部表现出煤色霉层。

（2）防治方法　选用无病种子，最好能做到从无黑星病的植株上收获种子。也可以对种子用 55℃温水烫种 15min，或用 0.3％的 50％多菌灵可湿性粉剂拌种；生态防治，应大力推广地膜覆盖和膜下灌水技术；也可在定植前对棚室进行熏蒸消毒，每 55m³ 的空间用硫黄粉 0.13kg、锯末 0.25kg 混合后分放到数处，点烧后密闭棚室 1 天；药剂防治，可以在发病的初期用粉尘剂或烟雾法喷施 10％多百粉尘剂。每亩每次 1kg，或用 45％百菌清烟剂，每亩每次 200～250g，连续防治 3～4 次。也可在发病初期用 50％多菌灵可湿性粉剂 800 倍液＋70％代森锰锌可湿性粉剂 300 倍液喷洒。也可用 75％百菌清可湿性粉剂 600 倍液，或 50％苯菌灵可湿性粉剂 1500 倍液，或 80％敌菌丹可湿性粉剂 500 倍液进行喷施，效果都比较理想。此病属检疫对象，一经发现，应立刻防治，以防蔓延。

151. 如何识别和防治西葫芦褐斑病

（1）症状　主要发生在叶片上，自下而上发病，病斑圆形，中间黄白色，边缘黄褐色。叶面病斑稍隆起，表面粗糙，叶背面水渍状，有退绿晕圈。

（2）防治方法　①种子消毒处理。用55℃温水浸种15min，加强通风散湿。②药剂防治。75％百菌清600倍液，或50％扑海因1000倍液，或50％倍得利500倍液，每7天喷1次，连喷2～3次，阴雨天可用40％百菌清烟剂，或5％百菌清粉尘剂。③西葫芦褐斑病与霜霉病容易混合发生，而且二者又往往难以区分辨别，进行药剂防止时最好混入一定量的防治霜霉病的药剂。

152. 西葫芦霜霉病和细菌性角斑病混生时如何科学防治

棚室西葫芦生产常发生以西葫芦霜霉病为主，还会混生细菌性角斑病。由于药剂防治良机都要求在"发病初期"。而此时两病害的初生小小病斑，是很难辨认出"彼此"，往往会造成混淆和误判。致使未能等到病害确认前进行药防，总是带有盲目性；如等到病害症状确认后再进行药防，时机早已错过。如以前棚室中曾有两病混生危害，或该地区已有两病混生流行信息，或在确认霜霉病时又混生角斑病的疑似症状情况下，都应适时采用药防兼治方式。现将可应用农药中的单剂、混剂和混药，分述农药种类和施用浓度整理介绍如下：

（1）单剂　可用50％代森铵水剂1000倍液，或53.8％可杀得干悬浮剂900～1100倍液，或80％乙磷铝可湿性粉剂500倍液，或30％DT（琥胶酸铜）胶悬剂500倍液，或12％绿乳铜乳油600～1000倍液，或57.6％冠菌清（氢氧化铜）干粒剂1000～1200倍液，或20％松脂酸铜乳油1000倍液，或30％碱式硫酸铜悬浮剂350～500倍液进行防治。

（2）混剂　可用60％百菌通（琥乙磷铝）（DTM）可湿性粉剂500倍液，或50％甲霜铜（甲霜灵＋琥胶酸铜）可湿性粉剂600倍液，或60％疫甲铜（乙磷铝＋甲霜灵＋琥铜）可湿性粉剂600倍液，或47％加瑞农可湿性粉剂800倍液，或78％科博（波尔多液＋代森锰锌）可湿性粉剂500倍液进行防治。

（3）混药　可用40％乙磷铝可湿性粉剂250倍液＋50％琥胶

肥酸铜可湿性粉剂 500 倍液的混配药液（凡混配药液都是各药保持各自浓度，下述同），或 40％乙磷铝可湿性粉剂 250 倍液＋100 万单位硫酸链霉素 6500 倍液的混配药液，或 25％甲霜灵可湿性粉剂 1000 倍液＋50％琥胶酸铜可湿性粉剂 500 倍液的混配药液，或 25％甲霜灵可湿性粉剂 1000 倍液＋86.2％铜大师（氧化亚铜）1000 倍液的混配药液进行防治。

153. 如何快速鉴定霜霉病

由于西葫芦品种的抗病性不同，以及所处的环境条件不同，霜霉病的症状往往出现一些多样性。如有时整个叶片布满许多黄色的角斑（见书前彩图 5-10、彩图 5-11），而没有黑霉；有时叶片出现一些多角形的圆斑而在叶片的背面看不到黑色的霉层等。霜霉病症状的复杂性增加了识别病害的难度，只有快速识别才能抓住战机，对症下药。具体方法如下：只需将病叶采下，放在一个杯子中，放一点水增加湿度，将杯子口封严，在 20℃左右的条件下保湿，大约经过一晚上，如果叶片的背面有黑色的霉层出现，即可证明是霜霉病；如果出现了一些黏稠的液体，则西葫芦得的是角斑病；如果病斑上隐隐约约出现一些小的黄色黏稠物，则是由炭疽病引起。

154. 如何识别和防治西葫芦细菌性叶枯病

见书前彩图 5-12、彩图 5-13。

（1）症状 西葫芦细菌性叶枯病有两种类型，一种是叶缘失绿干枯型，另一种是叶脉网状干枯型。第一种症状在发病初期表现为水浸状小退绿斑，1～2 天后迅速扩大成片，最后干枯。第二种症状在发病初期表现为网状叶脉发白，然后扩大至侧脉变白，最后引发叶片干枯。叶背不易见到菌脓出现，这是区别于细菌性角斑病和细菌性缘枯病的主要特征。

（2）防治方法 ①选用无病菌种子。应采用通过植物检疫的无病原菌的种子，这是防止细菌性叶枯病传入无病区的关键一环。②选用抗病品种。叶色淡的品种抗病性强，而叶色绿的品种抗性较差。③培育壮苗。采用营养土护根育苗法培育壮苗，增强其对细菌性叶枯病的抗性。④平衡配方施肥。定植前，应根据产量水平施足农家肥，平衡施入速效化肥，达到使大、中、微量元素达到平衡摄取供给的目的。这样既可使西葫芦生长健壮，又可避免因施肥不均引发缺素症，而导致细菌性叶枯病的发生。⑤生态防治。采取四段管理法，控制棚室内空气湿度，使其最大湿度不超过80％，不能满足病害所需要的条件。⑥药剂防治。西葫芦细菌性叶枯病病害是否成灾，最主要的一条，就是能否抓住防治的最佳时期，即及时发现初期症状，并针对性的选择有效药剂，对症施药。施药技术上要尽量提高用药效果。首选药剂为50％DT可湿性粉剂500倍液，加硫酸链霉素或70％农用链霉素400倍液，连用2～3次，每5天1次以巩固防效。另外可选用14％的络氨铜水剂300倍液、77％的可杀得可湿性粉剂400倍液，但要注意避免发生药害。40万单位的青霉素钾5000倍液效果也不错，但有的人对青霉素过敏，要注意防止发生人员中毒事故。

155. 如何识别和防治西葫芦软腐病

见书前彩图5-14、彩图5-15。

（1）症状 西葫芦茎基部细菌性软腐病主要危害植株的茎基部。发病初，病菌从西葫芦茎基部的表皮或伤口侵入，在离地面3～5cm的茎基部形成不规则水渍状退绿斑，逐渐扩大后呈黄褐色，病部向内软腐。开花期，在去雄花后的伤口处或叶柄伤口处出现水浸状淡褐色病斑，病部上下扩展，凹陷软化腐烂，流出白色黏稠液体并伴有恶臭味，此为本病特征。后期随着病部扩展直至整株萎蔫死亡，死亡病组织腐烂或成麻状。

（2）防治方法 ①处理土壤。连作地定植前15～20天，采用石灰氮加有机肥（牛粪、鸡粪等）——日光闷棚土进行土壤消毒。②定植期用药。定植时用77％多宁（有效成分为硫酸铜）可湿性粉剂600倍液灌根，返苗后灌第二次，隔7天1次，连灌2～3次。

细菌性茎基软腐病和枯萎病混发时，可向茎基部喷灌 60％百泰水分散粒剂 1500 倍液，或 70％甲基托布津可湿性粉剂 1000 倍液，可兼治两种病害。③定植后用药。除继续用同上药灌根外。a. 涂抹：70％甲基托布津可湿性粉剂＋3％克菌康（中生菌素）可湿性粉剂＋50％琥胶肥酸铜可湿性粉剂（1∶1∶1）配成 100～150 倍稀粥状药液，涂抹水渍状病斑及病斑的四周。b. 喷雾：用 3％克菌康可湿性粉剂 800 倍液加 50％根茎保 2 号（主要成分为噻枯唑和恶霉灵）可湿性粉剂 800 倍液，或 77％氢氧化铜 500 倍液，或 72％农用硫酸链霉素 4000 倍液，或 56％靠山（主要成分为氧化亚铜）水分散微颗粒剂 800 倍液，隔 5～7 天喷 1 次，连防 2～3 次。收获前 5 天停止用药。如遇阴雨雪天气可用 10％腐霉利烟剂每亩 25g，或 45％百菌清烟剂每亩 25g，熏 3～4h，或于傍晚喷 5％灭霉灵粉尘剂，或 5％百菌清粉尘剂，或 6.5％甲霉灵粉尘剂，每亩 1000g。

156. 如何识别和防治西葫芦病毒病

见书前彩图 5-16。

（1）症状　侵染西葫芦的病毒有十多种，由于病原种类不同，所致症状也有差异。主要有花叶型、皱缩型、黄化型和坏死型、复合侵染混合型等。花叶型植株生长发育弱，首先在植株顶端叶片产生深浅绿色相间的花叶斑驳，叶片变小卷缩，畸形，对产量有一定影响。而皱缩型，叶片皱缩，呈泡斑，严重时伴随有蕨叶（见书前彩图 5-17）、小叶和鸡爪叶等畸形。叶脉坏死型和混合型，叶片上沿叶脉产生淡褐色的坏死，叶柄和瓜蔓上则产生铁锈色坏死斑驳，常使叶片焦枯，蔓扭曲，蔓节间缩短，植株矮化。果实受害变小，畸形，引起田间植株早衰死亡，甚至绝收。

（2）防治方法　①培育无病壮苗。a. 选用无病种子，进行种子消毒，育苗前用 10％磷酸三钠溶液浸种 15min，再用清水洗净，而后催芽。b. 加强苗床管理，保证适温育苗，防止幼苗徒长。c. 采取避蚜育苗，可用 30 目尼龙纱网覆盖育苗，防止蚜虫苗期传毒。d. 及时拔除病苗，并做到适时早栽，早定植，病害轻。②加强肥水管理，增施磷钾肥，防止高温干热；病健株分开操作，避免传染。③及时清除杂草，喷药防治蚜虫。保护地栽培，可用银灰色反光膜驱避蚜虫，防其传毒；夏季露地栽培，可利用银灰色遮阳网，降温避蚜，驱虫防病。④发病初期，选用 1：100 生豆浆（或1.5%植病灵乳剂 1000 倍液），或 20%病毒 A 可湿性粉剂 500 倍液，或 NS-83 增抗剂 100 倍液，每 5～7 天喷 1 次，连喷 3～4 次，可有效控制病情发展，减轻危害。或每 30kg 水中加医用病毒唑 5支和芸薹素 481 5g（需先用 55～60℃温水溶解稀释），混匀后喷洒全株，并对病株灌根，每株 200g 药液。

西葫芦病毒病与 2,4-D 药害症状相似。均表现植株畸形，叶片皱缩，叶色不正常，叶脉失色呈明脉状，病株不能结瓜或结畸形瓜。在生产上应予以区别诊治，以防误诊造成不必要的损失。

157. 如何区别西葫芦病毒病与 2,4-D 药害

其一：症状有差别。

（1）病毒病症状　①植株矮化，节间及叶柄缩短；叶片缩小畸形，有时呈鸡爪状。②叶面极不平展，多向背面卷曲，或半边正常，半边皱缩。③新叶先呈浓绿、淡绿相间的斑驳，随后整个叶片变成花叶型。④叶脉凸起不明显，叶片缺刻不规则，中脉两侧叶肉失去对称。⑤病株不能结瓜或结瓜小，且表面布满颜色较深、大小不等的瘤状突起。

（2）2,4-D 药害症状　①植株茎蔓变细，节间不缩短，叶柄变长，较正常叶柄加长 30%左右，严重者，茎节变成白色，其上着生大量不定根。②叶片不平展，向正面卷曲，叶面横向变窄，叶肉缺损，严重者呈蕨叶状。③新叶先呈绿色，随后渐渐加深变成浓绿色，整个叶片油亮，无花斑。④叶脉明显增粗凸起，叶肉缺刻加深，并呈左右对称，中脉两侧的叶肉仍呈对称状。⑤植株受害后，幼瓜发黄脱落，15 天内不能结瓜，20 天后，药害缓解，新叶转为正常时，才能结瓜，但瓜条变得细而长。

其二：发生规律不相同。

（1）病源、病因差异大　西葫芦病毒病是一种侵染性病害，主要是由黄瓜花叶病毒（CMV）或甜瓜花叶病毒（MMV）侵染所致。苗期蚜虫为害或种子带毒是该病发生的侵染源，田间病害的流行主要是通过蚜虫传毒和病健植株汁液摩擦而传播的。

2,4-D 药害是人为因素引起的非侵染性病害，是因 2,4-D 使用不当或人为误用而造成的。该病在田间不传染、不流行，轻度发生时，病株能逐渐自行缓解。

（2）发病条件不一样　高温低湿环境既有利于病毒的繁殖，又有利于蚜虫的繁殖、迁飞和传毒，因此，高温干旱天气，病毒病一般发生较重；生产上，育苗时间长，浇水不及时，管理粗放，杂草丛生，都会加重病害的发生。而在阴雨天气、低温高湿环境下，植株生长不良，抵抗能力弱，更易发生 2,4-D 药害。

（3）发生季节有区别　西葫芦病毒病一般在夏季和秋季发生重，冬季和早春发生较轻；露地病情一般重于保护地栽培；生产上，在苗期和栽培后期发病较重。

2,4-D 药害，一般在冬、春两季较易发生；露地栽培很少发生，而保护地却时常发生；生产上，苗期很少发生药害，多在盛花期过后，第一至第三批瓜下瓜期大发生。

（4）田间分布规律不相同　病症出现后，病毒病在田间分布不均匀，一般先出现发病中心，而后再蔓延扩展，病株多呈片状分布；2,4-D 药害在田间分布较均匀，一般呈随机点状分布，有时，全田或全棚植株棵棵发生。

158. 如何防治西葫芦银叶病

西葫芦银叶病造成叶片叶绿素含量降低，严重阻碍光合作用，影响果实正常成熟，导致大幅度减产。见书前彩图 5-18。

（1）症状　被害植株生长势弱，株形偏矮，叶片下垂，生长点叶片皱缩，呈半停滞状态，茎部上端节间短缩；茎及幼叶和功能叶叶柄退绿，叶片叶绿素含量降低，严重阻碍光合作用；叶片初期表现为沿叶脉变为银色或亮白色，以后全叶变为银色，在阳光照耀下闪闪发光，但叶背面叶色正常，常见有烟粉虱成虫或若虫。3～4片叶时为敏感期。幼瓜及花器柄部、花萼变白，半成品瓜、商品瓜也白化，呈乳白色或白绿相间，丧失商品价值。

（2）防治方法　①化学防治烟粉虱。在防治烟粉虱时，最好加混复硝酚钠、芸薹素内酯、吗啉胍·乙铜和低聚糖素等。②在银叶症状表现初期，可用赤霉素 20～30mg/kg＋细胞分裂素 500 倍液＋双效活力素 5000 倍液混合液防治，喷药后 7 周可恢复正常生长，2 周后正常结果。③调节植株生长。于西葫芦银叶病初期，叶面喷洒 1.8％爱多收 6000 倍液与螯合态多元素复合微肥 700 倍液的混合液，7～10 天喷 1 次，连续2～3次。

159. 如何防治烟粉虱

（1）为害特点　烟粉虱可直接刺吸植物汁液，造成寄主营养缺乏，影响正常的生理活动。若虫和成虫还可分泌蜜露，诱发煤污病，虫口密度高时，叶片呈现黑色，严重影响光合作用和外观品质；成虫还可作为植物病毒的传播媒介，引发病毒病。西葫芦被害表现为银叶。

（2）防治方法　①农业防治。a. 培育"无虫苗"。保护地蔬菜育苗前熏蒸温室可减少虫口基数，清除残株杂草，在温室通风口加一层尼龙纱，可避免外来虫源。b. 尽量避免混栽。特别是西葫芦、黄瓜、番茄、菜豆不能混栽。注意调节播种期、调整生产茬口，即头茬安排芹菜、甜椒等烟粉虱危害轻的蔬菜，二茬再种西葫芦。温室附近避免栽植黄瓜、番茄、茄子等烟粉虱喜食蔬菜，以减少虫源。c. 清除衰老枝叶。老龄若虫多分布在下部叶片，整枝时，适当摘除部分老叶，深埋或烧毁以减少种群数量。②物理防治。黄色对烟粉虱成虫有强烈的诱集作用，可在温室内设置黄板（见书前彩图 5-19）诱杀成虫。方法为：用 1m×0.2m 纤维板或硬纸板，涂成橙黄色，再涂一层粘油（可使用 10 号机油加少许黄油调匀），每亩设置 32～34 块，置于行间，与植株高度一致，黄板需 7～10 天重涂 1 次，注意防止油滴在作物上造成烧伤。③化学防治。当烟粉虱种群密度较低时早期防治至关重要。同时注意交替用药和合理混配，以减少抗性的产生。可用的药剂有1.8％爱福丁（阿维菌素）2000～3000倍液、25％扑虱灵（异丙威噻嗪酮）1000～1500倍液、10％吡虫啉2000倍液、5％锐劲特（氟虫腈）1500倍液等，这些药剂高效、低毒，对天敌比较安全，对烟粉虱有很好的防治效果。

160. 如何防治白粉虱

白粉虱俗称小白蛾，简称粉虱。随着蔬菜日光温室等保护地栽培的发展，粉虱的发生和危害逐年加重，造成蔬菜减产。该虫具有寄主范围广、防治难的特点。

（1）为害特点　以成虫、若虫群集叶背吸食植物。它把口器插在叶片里吸汁液，被害叶片退绿、变黄、萎蔫，甚至全株枯死；同时成虫能分泌大量蜜露，滋长黑色的煤污病菌，引起煤污病的发生。成虫有趋嫩性，在寄主植物打顶以前，成虫总是随着植株的生长不断追逐顶部嫩叶产卵，在作物上自上而下的分布为：新产的绿卵、变黑的卵、初龄若虫、老龄若虫、伪蛹、新羽化成虫。因此，不同的叶位可以看到不同的虫态。各虫态常常同时发生，这给生物防治带来了困难。

（2）防治方法　在白粉虱零星发生时开始喷洒10％吡虫啉可湿性粉剂1500倍液、敌死虫（矿物油）200倍液效果较理想。喷药时力求均匀，使药剂充分渗透叶片，特别是叶背。有条件的地方可考虑采用生物防治。

161. 防治白粉虱的生物措施有哪些

（1）人工释放丽蚜小蜂防治白粉虱　丽蚜小蜂属膜翅目蚜小蜂科。1978年我国从英国引进丽蚜小蜂，进行了大量防治白粉虱的试验，取得了良好的防治效果。丽蚜小蜂寄生白粉虱的蛹和若虫，通常在温室中可以存活10～15天。产卵的雌蜂以触角探查粉虱若虫，然后将产卵器刺入，试探粉虱体内是否有丽蚜小蜂的卵。成蜂喜好选择三龄若虫期和四龄蛹前期的粉虱寄生。成蜂还可探刺粉虱若虫，取食粉虱的体液，粉虱被刺探后死亡。每头雌蜂可产卵50～100粒，高的可达350粒。寄生后，白粉虱的若虫和蛹变成黑色。除了白粉虱的龄期会影响寄生效果外，温室的温度、湿度和光照强度等也会影响到寄生的效果。在18℃的低温条件下，粉虱的繁殖率比寄生蜂大9倍，在防治上要求寄生蜂的量较大才能较好地控制。在26℃的高温下，寄生蜂发育比白粉虱快1倍，寄生蜂的量可以适当地少。一般说来，当每株植物有白粉虱0.5～1头时，每株放蜂3～5头，隔10天左右放1次，连续放蜂3～4次，可基本控制其为害。

（2）用中华通草蛉防治温室白粉虱　中华通草蛉为广布全国的最常见种，1年可以发生多个世代，世代重叠。中华通草蛉在温室中除了可以取食白粉虱外，还可以取食菜蚜。但目前没有商品昆虫出售，一般需要自行采集扩增。

（3）用0.3％印楝素乳油1000倍液防治白粉虱。

162. 如何防治美洲斑潜蝇

美洲斑潜蝇属双翅目潜蝇科，俗称"小白龙"。是近年传入我国的检疫性害虫。见书前彩图5-20。

（1）为害特点　食性较杂，已知寄主涉及13个科的60余种植物。其中以葫芦科、茄科、豆科作物受害最重，也可危害菊花、旱莲、大理花等花卉。在蔬菜中尤以瓜类作物受害最重。幼虫以蛀食叶片上下表皮间的叶肉细胞为主，常在叶片上形成曲曲弯弯的蛇形隧道。隧道前端较细，随幼虫长大，后端隧道较粗。成虫的取食和产卵孔也造成一定危害，影响光合作用和营养物质的输导，同时传播病毒。

（2）防治方法　美洲斑潜蝇繁殖力强，世代重叠。幼虫孵化后即潜入叶片表皮内取食叶肉，给防治带来一定困难。防治应在化蛹高峰期后9～10天喷药，采用连环喷药法，隔7天左右喷1次，能有效地控制幼虫高峰期的危害。农药应注意交替轮换使用，以延缓害虫对各种农药产生抗性。喷药时注意雾点要细，上下结合，力求均匀。常用药剂有：10％除尽（溴虫腈）悬浮剂 2000 倍液，或 5％抑太保（氟啶脲）乳油 2000 倍液，或 5％卡死克（氟虫脲）乳油 2000 倍液，或 48％乐斯本（毒死蜱）1000 倍液等药剂交替使用，在发生高峰期 5～7 天喷 1 次，连续 2～3 次。

注意：当西葫芦叶片出现 2 条虫道时要及时喷药，以后视虫情每隔 7～10 天连续施药，喷药时应从瓜秧自上而下喷，防止成虫溜跑；适当在药液中添加助剂，如一些商品农药助剂，或添加 0.05％的植物油，以便药剂有效深入虫道，提高药效。另外，美洲斑潜蝇抗药性发展快，应注意轮换用药。

163. 如何防治蓟马

（1）为害特点　主要危害叶片、嫩芽、果实。以成虫和若虫锉吸瓜类嫩梢、嫩叶、花和幼瓜的汁液。嫩叶嫩梢受害后变硬缩小，植株生长缓慢，节间缩短；幼瓜受害后也硬化，毛变黑，造成落瓜，严重影响产量。

（2）防治方法　当每株虫口数达 3～5 头时，应立即喷药防治，掌握若虫盛见期喷施 10％吡虫啉可湿性粉剂 1500～2000 倍液，或 1.8％阿维菌素乳油 3000 倍液，或 25％阿克泰（噻虫嗪）水分散粒剂 4000～7000 倍液，或 50％辛硫磷乳油 1000 倍液等 1～2 次，隔 7～10 天 1 次，交替施用，喷匀喷足。

（3）防治蓟马应注意喷药时间　生产中，很多菜农反映：蓟马难治，危害重。蓟马难治，并不是药不对路，而是用药时间不适宜。

蓟马具有趋花性，因而花前用药效果才好，若等到大量开花期再用药，蓟马躲在花里面，防治效果差。从开花前开始用药防治，可用阿维菌素、菜喜（多杀菌素）等药剂，以后每次喷药都要混配阿维菌素，全面预防蓟马的发生危害。同时，蓟马还具有昼伏夜出的习性，选择白天上午用药，效果必然差；因而在防治上，还应改上午喷药为下午或傍晚。

164. 如何防治斜纹夜蛾

见书前彩图 5-21。

（1）为害特点　以幼虫咬食叶、花、果实，大发生时它能将全棚植株吃成光杆儿，以致绝收。

（2）防治方法　①在各代盛卵期，发现卵块和新筛网状被害叶，随手摘杀并集中喷药围歼。②掌握幼虫低龄时期，每亩用90％敌百虫 50g，或 80％敌敌畏 40g，加水 60kg 喷雾，特别是在黄昏或清晨用药，效果更好。③可利用蜘蛛、赤眼蜂等自然天敌，以控制此虫为害。

165. 如何防治茶黄螨

（1）为害特点　茶黄螨刺吸式口器吸食嫩芽、嫩茎、嫩叶、花器等幼嫩部位的汁液，受害叶片背面呈灰褐色或黄褐色，具油浸状或油质光泽，叶片边缘向下卷曲；被吸食的嫩茎变为黄褐色，扭曲畸形，严重者植株顶部干枯（主蔓顶尖部生长点消失）；受害花蕾轻者开花不正常，重者不能开花坐果；嫩瓜受害时，瓜柄、瓜皮变成黄褐色，木栓化，表皮失去光泽，瓜条有时出现畸形而黄化，造成减产。由于此虫体积小，用肉眼难以观察识别，所以发生此虫危害后，常被误认为病毒病或微量元素缺乏症，从而耽误了防治。

（2）防治方法　防治西葫芦茶黄螨，要先搞清楚螨虫的特性。要想较好地防治螨虫，要分三步走。①消除虫源。及时铲除棚内的杂草、清除枯枝烂叶，切断传染源。②温差控螨。若棚内螨类危害较重，可通过调整棚内温度来防治螨类害虫繁衍。可把白天温度提高到 32～35℃，保持 2h 以上，夜间温度保持在 11～13℃，以此来抑制螨虫的繁衍。③药剂防治。可选用 1.8％阿维菌素乳油 3000 倍液，或 15％哒螨灵乳油 3000 倍液，或 20％速螨酮可湿性粉剂 3000 倍液交替使用，提高防效。但要注意，螨虫不仅具有趋嫩性，而且易集中在叶子背面，所以，喷药时叶背着药是重点。喷施杀螨剂时要上喷下翻，注重喷幼嫩部位，翻过喷头向上喷叶背。如果茶黄螨和白粉虱混合发生，可选用扑虱灵、浏阳霉素乳油等喷雾防治。

六、生理障碍

●166. 如何防止西葫芦蔓拔节过高

（1）症状　西葫芦植株长势过旺，茎秆拔节过长，叶片过大，颜色较绿，西葫芦棵上坐瓜很少，甚至有的西葫芦根本坐不住瓜；即使坐住瓜，出现的焦花纽子、化瓜的现象也较多；或者是出现大头、弯瓜、细腰、尖嘴等畸形瓜的情况也较多。

（2）发生原因　这是一种生理性病害，是由于植株营养生长与生殖生长不协调造成的。在西葫芦的生长过程中，制造的养分是一定的，如果植株长势过旺，就会造成养分分配不均匀，西葫芦坐瓜吸收的养分不足，就很少坐瓜。

（3）防治方法　①喷生长调节剂。可叶面喷洒助壮素或矮壮素或多效唑等生长抑制剂，如喷洒助壮素，可1喷雾器喷洒2～4支助壮素（10ml/支），可提前做一下试验。注意最好是选在晴天的下午进行喷洒，3时以后即可。②冲壮秧剂或根施矮丰灵等药剂。可适当冲施壮秧剂，有助于控制西葫芦的长势，可促进西葫芦的营养生长与生殖生长协调发展，使西葫芦多坐瓜。③控制温度。要适当控制日光温室内的温度，尤其是夜温不能过高，西葫芦生长的适宜夜温是12～18℃，即上半夜温度控制在16～18℃，下半夜温度控制在12～15℃。确定方式：在早拉草苫时看一下日光温室内的温度，一般温度在12℃度左右基本符合西葫芦的生长要求，注意温度不可超过16℃。可通过改变揭草苫的时间或关闭通风口的时间来调节日光温室内的夜温。如果植株长势过旺，可适当降低一下棚内的温度，即在拉草苫时日光温室内的温度在18℃左右。④控制肥水。西葫芦旺长，要注意控制肥水，不可促水促肥。不要施用含氮过高的化学肥料，可冲施部分钾肥，也可冲施生物肥或汇通黄腐酸或美奇海藻肥等，调节西葫芦的养分供应，在一定程度上可控制西葫芦的长势。

167. 西葫芦不膨果是怎么回事

造成西葫芦不膨果的原因有 3 个。

（1）棵太旺，营养大量供应茎叶生长，果实因营养不足而不膨大 一般出现不膨果的西葫芦棵株普遍存在旺长现象，植株吸取的营养是一定的，如果营养生长过旺，势必就会使生殖生长受到影响。所以，从苗期开始就应做好控旺长工作，除用激素来控制外，还可以从肥、水、温度等各个方面调节。西葫芦对温度要求非常严格，一般白天保持在 18～22℃，晚上 13～15℃ 为宜。温度过高，尤其是夜温过高，极易出现旺长现象。还有，在施足基肥的基础上，缓苗后切忌冲施含氮过高的肥料，因为含氮高的肥料易造成植株徒长，在膨果期可适当冲施高钾含量的肥料。此外，棚室浇水时，忌大水漫灌，应隔行浇水，只浇定植行即可。要小水勤浇，一般一次浇半沟水即可。

（2）蘸花药浓度高，抑制了果实的膨大 蘸花药物浓度要随着温度的变化而变化，温度高浓度要低，温度低浓度要高。如果因蘸花药浓度高造成西葫芦不膨果，要适当增加浇水量，同时用赤霉素或细胞分裂素混芸薹素内脂喷果加以缓解。

（3）低温寡照造成不膨果 低温寡照时，生长发育缓慢，营养的合成、运输受阻，白天的光合作用制造的光合产物不足，营养供应不足；并且低温能引起细胞停止伸长，造成不膨果或化瓜。对此，可通过保温增光来解决，晴天要早拉棚晚盖棚来延长光照时间，阴雨天在温度允许的前提下也要适当拉开草苫透光，还要及时擦拭棚膜，增加蔬菜见光时间和见光量。

168. 日光温室西葫芦为什么会长成"短粗瓜"

（1）症状 西葫芦瓜长得又短又粗，多发生在早春茬西葫芦上。

（2）发生原因　首先是由于早春季节西葫芦花芽分化不良造成的。造成西葫芦花芽分化不良有两个方面原因。①内因，主要是西葫芦植株的自身状况。西葫芦植株体营养积累充足，内源激素分配合理时，其花芽分化好，形成的瓜条生长、发育也好。②外因，主要是光照、温度、水分、养分等外界因素作用。由于早春季节棚室气温、地温低，光照弱，通风透光性差，光合效率低，植株体营养积累少。再加上西葫芦根功能下降，对于肥水的吸收、运输、利用受阻，也会导致西葫芦花芽分化不良。

另外，在西葫芦果实发育过程中，蘸花药浓度过大，蘸花药时间过早，易导致瓜条发育不正常；留瓜多，不疏瓜，造成瓜条间营养不足，其生长、发育会受抑制，"短粗瓜"易发生；水大、肥大伤根，吸水、吸肥能力下降，西葫芦地上部分肥水供给不充分，也易使得瓜条畸形。

（3）防治方法　在生产中，应根据以上原因采取相应预防措施：①定植前，基肥搭配以农家肥（鸡粪、鸭粪）6m³左右与三元复合肥75kg左右混施，长效加速效，满足西葫芦整个生育期生长、发育的养分需求。定植时，通过穴施激抗菌968菌肥（每亩80～120kg），协调植株长势，培育壮苗壮棵，为西葫芦花芽分化打下营养基础。②早春季节，特别要注意蘸花药的浓度不宜过大，可先用萘乙酸5g＋赤霉素0.5g＋瓜类膨大素5g＋硼砂20g＋葡萄糖50g＋水500ml配制成原液，然后取配制成的原液5ml＋磷酸二氢钾10g＋尿素10g＋扑海因5g＋水500ml，充分混溶后用毛笔进行蘸瓜。③早春时节，西葫芦坐瓜后，一方面注意棚室保温、增光。白天温度保持在25～28℃，夜间温度14～16℃。及时擦拭棚膜，通过摘叶、吊蔓，增加植株间通风透光性；另一方面每亩追施6～8kg高钾型三元复合肥（20∶10∶30），并配合叶面喷施磷酸二氢钾500倍液混合多聚硼1500倍液。

169. 金皮西葫芦瓜条变色下陷是怎么回事

（1）症状　金皮西葫芦只有瓜条发病，棵并没有表现出任何病症。瓜条上离果柄不远的地方颜色变成了深色，多是由金黄色变褐黄色，病部下陷坏死。坏死组织略显水渍状，随病害发展瓜条茎部坏死收缩，最后呈褐色干腐，闻后无臭味。

（2）发生原因　这是一种生理性病害，称为茎腐病。实际上是由瓜条中水分倒流造成的。尤其是在冬季温度较低时，结瓜期供水不足或供水温度偏低，土壤溶液浓度高，再遇上连阴天光合产物不足等因素，致使瓜条内部水分倒流，常使金皮西葫芦瓜条果柄附近组织失水坏死。而细菌性软腐病病瓜呈水渍状腐烂，有臭味是与茎腐病的最大区别。

（3）防治方法　种植金皮西葫要施用充足的腐熟有机肥，前期注意中耕和适当控水，促进根系发育。中期适时追肥浇水，结瓜期叶面喷施磷肥、钾肥，尽可能保持相对稳定的空气湿度。其次是适当稀植，避免植株间相互遮阳，使叶片受光均匀，保持植株正常生长，有条件的增施二氧化碳气体肥，促进光合作用。最重要的一点是要注意瓜条生长期不要失水，严冬时节注意提高灌溉水的温度，喷用磷酸二氢钾 400 倍液混合尿素 250 倍液混爱多收 6000 倍液以减少发病。

170. 如何正确识别和防治西葫芦缺氮症

（1）症状　植株生长缓慢并矮化，叶片薄而小，黄化均匀，不表现斑点状，黄化先从下部老叶开始，逐渐向上发展，幼叶生长缓慢。花小、化瓜严重。

（2）发生原因　①土壤本身含氮量低。②种植前施大量未腐熟的作物秸秆或有机肥，碳素多，其分解时夺取土壤中氮。③产量高，收获量大，从土壤中吸收氮多而追肥不及时。

（3）诊断要点　①从上部叶，还是从下部叶开始黄化，从下部叶开始黄化则是缺氮。②注意茎的粗细，一般缺氮茎细。③定植前施用未腐熟的作物秸秆或有机肥短时间内会引起缺氮。④下部叶叶缘急剧黄化（缺钾），叶缘部分残留有绿色（缺镁）。叶螨为害呈斑点状失绿。

（4）防治方法 ①施用新鲜的有机物作基肥要增施氮素。②施用完全腐熟的堆肥。③应急措施：叶面喷施 0.2％～0.5％尿素液。

171. 如何正确识别和防治西葫芦缺磷症

（1）症状 植株矮化，叶片小，颜色浓绿，叶片平展并微向上挺。老叶有明显的暗红色斑块，有时斑点变褐色，下部叶易脱落。

（2）发生原因 ①堆肥施用量小，磷肥用量少易发生缺磷症。②地温常常影响对磷的吸收。温度低，对磷的吸收就少，日光温室等保护地冬春或早春易发生缺磷。

（3）诊断要点 注意症状出现的时期，由于温度低，即使土壤中磷素充足，也难以吸收充足的磷素，易出现缺磷症。在生育初期，叶色为浓绿色，后期出现褐斑。

（4）防治方法 ①土壤缺磷时，除了施用磷肥外，预先要培肥土壤。②苗期特别需要磷，注意增施磷肥。③施用足够的堆肥等有机质肥料。④可喷 0.2％的磷酸二氢钾或 0.5％的过磷酸钙水溶液。

172. 如何正确识别和防治西葫芦缺钾症

见书前彩图 6-1。

（1）症状 生长缓慢，节间短，叶片小，呈青铜色逐渐成黄绿色，叶片卷曲，严重使叶片成烧焦状干枯。主脉下陷，叶缘干枯。果实的中部和顶部膨大受阻。

（2）发生原因 ①土壤中含钾量低，施用堆肥等有机质肥料和钾肥少，易出现缺钾症。②地温低，日照不足，过湿，施氮肥过多等条件阻碍对钾的吸收。

（3）诊断要点 ①注意叶片发生症状的位置，如果是下部叶和中部叶出现症状可能缺钾。②生育初期，当温度低，覆盖栽培时，气害有类似的症状，要注意区别。③同样的症状，如出现在上部叶，则可能是缺钙。

（4）防治方法 ①施用足够的钾肥，特别是在生育的中、后期不能缺钾。②施用充足的堆肥等有机质肥料。③如果钾不足，可用硫酸钾平均每亩3～4.5kg，一次追施。④叶面喷0.3％磷酸二氢钾与1％草木灰浸出液。

173. 如何正确识别和防治西葫芦缺钙症

（1）症状　上部叶形状稍小，向内侧或向外侧卷曲；生长点附近的叶片叶缘卷曲枯死，呈降落伞状；上部叶的叶脉间黄化，叶上出现斑点病，严重时叶脉间组织除主脉外全部失绿。顶芽坏死。

（2）发生原因　①氮多、钾多、土壤干燥都会阻碍对钙的吸收。②空气湿度小，蒸发快，补水不足时易产生缺钙。③土壤本身缺钙。

（3）诊断要点　①仔细观察生长点附近的叶片黄化状况，如果叶脉不黄化，呈花叶状则可能是病毒病。②生长点附近萎缩，可能是缺硼。但缺硼突然出现萎缩症状的情况少，而且缺硼叶片扭曲。这一点可以区分是缺钙还是缺硼。

（4）防治方法　①土壤钙不足，可施用含钙物料。②避免一次用大量钾肥和氮肥。③要适时浇水，保证水分充足。④应急措施，用0.3％的氯化钙水溶液喷洒叶面。

174. 如何正确识别和防治西葫芦缺镁症

见书前彩图6-2。

（1）症状　下部叶叶脉间的绿色渐渐地变黄，进一步发展，除了叶脉、叶缘残留点绿色外，叶脉间全部黄白化。老叶先发生，逐渐向幼叶发展，最后全株黄化。有时是绿表现为在叶脉间出现大的凹陷斑，最后斑点坏死，叶子萎缩。

（2）发生原因　①土壤本身含镁量低。②钾肥、氮肥用量过多，阻碍了对镁的吸收。尤其是日光温室栽培反映更明显。③收获量大，而没有施用足够量的镁肥。

（3）诊断要点　①生育初期至结瓜前，若发生缺绿症，缺镁的可能性不大。可能是与在保护地里由于覆盖，受到气体的障碍有关。②缺镁症状与缺钾症状相似，区别在于缺镁是从叶内侧失绿；缺钾是从叶缘开始失绿。③缺镁的叶片不卷缩。如果硬化、卷缩应考虑其他原因。

（4）防治方法　①土壤诊断若缺镁，在栽培前要施用足够的含镁物料。②避免一次施用过量的、阻碍对镁吸收的钾、氮等肥料。③应急对策：用1％～2％硫酸镁水溶液，喷洒叶面。

175. 如何正确识别和防治西葫芦缺锌症

见书前彩图 6-3。

（1）症状　从中部叶开始退色，与健康叶比较，叶脉清晰可见。随着叶脉间逐渐退色，叶缘由黄化转变为褐色，叶缘枯死，叶片向外侧稍微卷曲。嫩叶生长不正常，芽呈丛生状。

（2）发生原因　①光照过强易发生缺锌。②若吸收磷过多，植株即使吸收了锌，也表现缺锌症状。③土壤 pH 高，即使土壤中有足够的锌，但其不溶解，也不能被作物所吸收利用。

（3）诊断要点　①缺锌症与缺钾症类似，叶片黄化。缺钾是叶缘先呈黄化，渐渐向内发展；而缺锌全叶黄化，并由叶的中部渐渐向叶缘发展。二者的区别是黄化的先后顺序不同。②缺锌症状严重时，生长点附近节间短缩。

（4）防治方法　①不要过量施用磷肥。②缺锌时可以施用硫酸锌，每亩用 1.5kg。③应急对策：用硫酸锌 0.1％～0.2％水溶液喷洒叶面。

176. 如何正确识别和防治西葫芦缺硼症

（1）症状　生长点附近的节间显著地缩短，有时出现木质化；上部叶向外侧卷曲，叶缘部分变褐色；当仔细观察上部叶叶脉时，有萎缩现象，叶脉间不黄化。

（2）发生原因　①在酸性的沙壤土上，一次施用过量的碱性肥料，易发生缺硼症状。②土壤干燥影响对硼的吸收，易发生缺硼。③土壤有机肥施用量少，在土壤 pH 高的田块也易发生缺硼。④施用过多的钾肥，影响了对硼的吸收，易发生缺硼。

（3）诊断要点　①从发生症状的叶片的部位来确定，缺硼是症状多发生在上部叶。②叶脉间不出现黄化。③植株生长点附近的叶片萎缩、枯死，其症状与缺钙相类似。但缺钙叶脉间黄化，而缺硼叶脉间不黄化。

（4）防治方法　①土壤缺硼，可预先增施硼肥。②要适时浇水，防止土壤干燥。③多施腐熟的有机肥，提高土壤肥力。④应急对策为用 0.12%～0.25% 的硼砂或硼酸水溶液喷洒叶面。

177. 如何正确识别和防治西葫芦缺铁症

（1）症状　上部叶的新叶全部黄化，严重时黄白化，芽生长停止，叶缘坏死完全失绿。

（2）发生原因　磷肥施用过量，碱性土壤，土壤中铜，锰过量，土壤过干，过湿，温度低，易发生缺铁。

（3）诊断要点　①缺铁的症状是出现黄化，叶缘正常，不停止生长发育。②调查土壤 pH。出现上述症状的植株根际土壤呈碱性，有可能是缺铁。③在干燥或多湿等条件下，根的功能下降，吸收铁的能力下降，就会出现缺铁症状。④植株叶片是出现斑点状黄化，还是全叶黄化，如是全叶黄化则为缺铁症。

（4）防治方法　①尽量少用碱性肥料，防止土壤呈碱性，土壤 pH 应在 6～6.5。②注意土壤水分管理，防止土壤过干、过湿。③应急对策：用硫酸亚铁 0.1%～0.5% 水溶液或柠檬酸铁 100mg/kg 水溶液喷洒叶面。

178. 如何正确识别和防治西葫芦氮素过剩症

（1）症状　叶片肥大而浓绿，中下部叶片出现卷曲，叶柄稍微下垂，叶脉间凹凸不平，植株徒长。受害严重时，叶片边缘受到随

"吐水"析出的盐分危害，出现不规则黄化斑，并会造成部分叶肉组织坏死。受害特别严重的叶及叶柄萎蔫，植株在数日内枯萎死亡。

（2）发生原因　施用铵态氮肥过多，特别是遇到低温或把铵态氮肥施入到消毒的土壤中，硝化细菌或亚硝化细菌的活动受抑制，铵在土壤中积累的时间过长，引起铵态氮过剩；易分解的有机肥施用量过大；棚室种植年限长，土壤盐渍化。

（3）防治方法　①应实行测土施肥，根据土壤养分含量和西葫芦需要，对氮、磷、钾和其他微量元素实行合理搭配科学施用，尤其不可盲目施用氮肥。在土壤有机质含量达到 2.5％ 以上的土壤中，应避免一次性每亩施用超过 5000kg 的腐熟鸡粪。②在土壤养分含量较高时，提倡以施用腐熟的农家肥为主，配合施用氮素化肥。③如发现西葫芦缺钾、缺镁症状，应首先分析原因，若因氮素过剩引起缺素症，应以解决氮素过剩为主，配合施用所缺肥料。④如发现氮素过剩，在地温高时可加大灌水缓解，喷施适量助壮素，延长光照时间，同时注意防治蚜虫、霜霉病等病虫害。

179. 如何识别与防治西葫芦磷过剩症

（1）症状　叶脉间的叶肉上出现白色小斑点，病健部分界明显，外观上与某些细菌性病害类似。

（2）发病原因　这是由于过量施用磷肥所至。磷素过多能增强作物的呼吸作用，消耗大量碳水化合物，叶肥厚而密集，系统殖器官过早发育，茎叶生长受到抑制，引起植株早衰。由于水溶性磷酸盐可与土壤中锌、铁、镁等营养元素生成溶解度低的化合物，降低上述元素的有效性。因此，因磷素过多而引起的病症，除上述症状外，有时会以缺锌、缺铁、缺镁等的失绿症表现出来。

（3）防治方法　防治磷过剩的方法较简单，减少磷肥施用量即可。注意科学施用磷肥，在减少磷肥施入量的同时，提高肥效。土壤如为酸性，磷呈不溶性，虽然土中有磷的存在也不能吸收，因此适度改良土壤酸度，可提高肥效。施用堆厩肥，磷不会直接与土壤接触，可减少被铁或铝所结合，对根的健全发育及磷的吸收很有帮助。

180. 如何正确识别和防治西葫芦硼素过剩症

（1）症状　种子发芽出苗后，第一片真叶顶端变褐色，向内卷曲，逐渐全叶黄化；幼苗生长初期，较下部的叶片叶缘黄化；叶片叶缘呈黄白色，而其他部位叶色不变。

（2）发生原因　首先要了解前茬作物是否施用较多的硼砂，或是否有含硼的工业污水流入田间；西葫芦植株叶片的叶缘黄化的原因可能是盐类含量多或者土壤中钾过剩等，不单纯是硼过剩；人工施用硼肥，使下部叶叶缘黄化，症状进一步发展为叶内黄化并脱落，这可能是硼过剩的结果。

（3）防治方法　土壤酸性越大，出现症状就越明显越严重，所以施用石灰质肥料可以提高 pH 值。在西葫芦作物生长过程中，施用碳酸钙比氢氧化钙更安全；如硼过剩，可以浇大水，通过水溶解硼并淋失带走一部分硼；如果浇大水后，再施用石灰质肥料效果更好。

181. 如何正确识别和防治西葫芦锰素过剩症

（1）症状　先从下部叶开始，叶的网状脉变褐，然后主脉变褐，沿叶脉的两侧出现褐色斑点（褐脉叶）。先从下部叶开始，然后逐渐向上部叶发展。

（2）发生原因　土壤酸化，大量的锰离子溶解在土壤溶液中，容易引起西葫芦锰中毒。在使用过量未腐熟的有机肥时，容易使锰的有效性增大，也会发生锰中毒。

（3）防治方法　土壤中锰的溶解度随着 pH 值的降低而增高，所以施用石灰质肥料，可以提高土壤酸碱度，从而降低锰的溶解度；在土壤消毒过程中，由于高温、药剂作用等，使锰的溶解度加大，为防止锰过剩，消毒前要施用石灰质肥料；注意田间排水，防止土壤过湿，避免土壤溶液处于还原状态；施用有机肥时必须完全腐熟。

182. 如何防治日光温室西葫芦只开花不结果

（1）症状　植株过旺，开花但坐不住果。

（2）发生原因　主要由生理障碍造成：①基肥中偏施了氮肥，促使西葫芦生长过旺，叶片面积增大，荫蔽严重；②棚室内温度过低（昼温低于15℃）或过高（夜温高于20℃）；③棚室内水分不足或者湿度过大。这样的环境，都会使花粉和花柱的生命活力受到较大抑制，影响雌花授粉。

（3）防治方法　①合理浇水。开始结瓜时，如遇到连续10天左右的干旱，进行沟灌，但一定要防止大水漫灌。②增施磷钾肥。一般每隔5～7天喷施一次0.2%～0.3%的磷酸二氢钾溶液。③控制夜温。可适当控制夜温，夜温过高，西葫芦容易出现旺棵的情况，因此可通过下午要晚一点关通风口，早上要及时通风的方式来调整西葫芦棚内的合适的温度，一般西葫芦正常生长合适的夜温为上半夜16～18℃，下半夜12～15℃。要注意早上棚内的温度不要超过15℃，同时也不要低于10℃，这样可避免出现西葫芦旺棵的情况。④喷洒营养液调控植株长势。可叶面喷洒海力（主要成分为海藻素）等以调节西葫芦的长势，使西葫芦的养分达到合理供应，使养分由主要供应植株生长适当转为供应果实的生长，可促进西葫芦多坐瓜。也可在西葫芦长到3～9片真叶时叶面喷洒助壮素或矮壮素或增瓜灵等，避免西葫芦出现过旺生长的情况，但在喷洒生长调节剂时要注意做好试验，避免因用药量过大而造成药害，可于晴天的下午进行喷洒。⑤实施人工授粉。每天上午9～10时时正值雄花开放高峰期，摘取雄花，去其花冠，将花药轻轻涂在雌蕊的柱头上，一朵雄花可授3朵雌花。⑥激素处理。a. 可用20～30mg/kg的2,4-D在开花的当天上午，用毛笔蘸液涂于花梗部或柱头、子房上，但要防止药液溅洒在茎叶上。b. 可用40～50mg/kg的番茄灵喷洒在雌花柱头上。c. 摘除老叶，疏除残花。对基部脚叶应适当摘除，同时，要疏理过多的雌花和多余的雄花。

183. 日光温室西葫芦花打顶是怎么回事

见书前彩图 6-4。

（1）症状 茎尖部生长点受阻，"龙头"节间越来越短，不舒展，不再有新的幼叶产生，同时，雌花抱顶，有自封顶的生长趋势。西葫芦发生花打顶现象后会严重影响产量，特别是早期产量，一般可减产 30%～40%。

（2）发生原因 ①蹲苗过头。蹲苗虽可控上促下，有利培育壮苗，但如蹲苗时间过长，或土壤过于干旱就会造成"龙头"营养不良，生长衰弱，导致花打顶。②低温。西葫芦生长发育适宜温度为 18～25℃，15℃发育不良。11℃以下停止生长。如 12 月下旬至翌年 3 月初遭寒流袭击，棚内夜间温度在 11～15℃，甚至 11℃以下的低温，就会使"龙头"停止继续生长，导致生长发育失调，引发雌花抱顶，产生花打顶现象。③伤根。因育苗移栽机械损伤根系过多和土壤水分过大（沤根），以及施肥过多造成的烧根都可使"龙头"生长受挫，形成花打顶。④使用类似于植物内源激素的乙烯利、增瓜灵等不当所致。这样就使西葫芦体内源激素高，使营养物质主要运向雌蕊，形成雌花，甚至连续出现多个雌花，雄花则退化，成为中有老叶而无新叶的自封顶植株。⑤肥害或药害也引起花打顶。一次施肥过多（尤其是过磷酸钙）或喷洒农药对西葫芦产生较重的药害。

（3）防治方法 应采取以下 4 个方面的措施。①蹲苗要适度。蹲苗时间不能太长，土壤不能太干。花打顶初期，适时、适量浇水，使土壤含水量经常保持在 20% 上下，并随水追施一些速效氮肥，可促进植株的营养生长（对因肥害造成的花打顶不可追肥），或喷施 500～1000mg/kg 浓度赤霉素，可促进茎叶生长。②严格控制温度。低温对花打顶影响极大，尤其是夜间低温。因此在苗期和定植初期，应确保棚内夜间在 15℃以上。如温度低可采用在日光温室四周加盖一层草苫，棚内设二层膜或搭建小拱棚等措施；有条件的地方可采用铺设地热线或安装电炉子、生炭火等无烟增温措施。③注意保护根系。育苗移栽时注意不要过多伤根并适量浇水，特别是寒冷季节要浇小水，以防沤根。施肥要做到配方合理，不可盲目过多，以防烧根。此外，对西葫芦上部的小瓜胎（雌花）要全部掰掉，以减轻负荷，有利茎叶健壮生长。④对已出现打顶的植株，及时采收熟瓜，并对雌花多或瓜多的进行疏花疏果，一般健壮植株每株留1～2个果实。

184. 如何防治日光温室西葫芦落花落果

（1）症状　西葫芦花蕾易脱落，瓜胎坐不住。

（2）发生原因　日光温室栽培西葫芦落花落果的原因很多，但综合起来，主要是由营养不良、不利的气候条件和病虫为害造成的。栽培管理措施不利，如栽培密度过大或氮肥施用过多，造成植株徒长，营养生长和生殖生长失去平衡，使西葫芦花、果营养不足而脱落。气候条件不利，如冬春季日光温室中经常遇到光照不足，温度偏低的天气（特别是阴雨雪天气），影响授粉，即使授粉，果实也发育不良，易脱落。棚室内通风不良，湿度过大时，造成西葫芦花不能正常散粉，使授粉受精难以完成而造成落花落果。

（3）防治方法　①在西葫芦开花结果期，白天日光温室内温度控制在26℃左右，夜间不低于15℃。②及时揭去日光温室草苫，尽可能延长光照时间，增加光照强度。③加强肥水管理。如果植株叶片浓绿肥厚，开花却不结果，须严格控制肥水，并用较大土块压住蔓头，抑制植株疯长。如果植株瘦弱，叶片黄且薄，须增加肥水，摘除第一雌花，先促进营养生长。④及时防治病虫，加强通风，降低棚内湿度，定期施用农药，清除败落花瓣及病叶、老叶，在西葫芦果实顶端花瓣着生处涂抹一层多菌灵粉剂，可以防止病菌从此处侵入果实而造成脱落。⑤在西葫芦初现花蕾时，每隔10天左右叶面喷施一次喷施宝等含硼叶面肥，以防止因硼等微量元素不足，花果发育不良而落花落果。⑥在上午10时左右，选择将要开放的雌花，用2,4-D 20mg/kg和赤霉素30mg/kg混合液蘸花，促进果实膨大，防止受精不良。

185. 如何防治日光温室西葫芦化瓜

见书前彩图 6-5。

（1）症状　西葫芦雌花开放后 3～4 天内，幼果前面部分退绿变黄，变细变软，果实不膨大或膨大很少，表面失去光泽，先端萎缩，不能形成商品瓜，最终烂掉或脱落。

（2）发生原因　主要是环境条件不适或养分供应失调造成的。具体因素有如下几方面。①温度。温度过高，白天超过 35℃，夜间高于 20℃，造成光合作用降低，呼吸作用增强，碳水化合物大量向茎叶输送，蔓秧徒长，营养不良而化瓜。温度过低，白天低于 20℃，晚上低于 10℃，根系吸收能力减弱，光合作用也会降低，造成营养饥饿而引起化瓜。②光照。西葫芦进入开花阶段，这时候如果遇到连续阴天或阴雨连绵，昼夜温差小，加之光合作用受到影响，养分的消耗多于制造，就会造成营养不良而化瓜。③栽植密度。密度的大小也是影响化瓜的因素之一，密度大，根系间竞争土壤中的养分，而地上部的茎叶则竞争空间，当叶面积指数（又称叶面积系数，即一块地上作物叶片的总面积与占地面积的比值）达到 4 以上时，透光透气性降低，光合效率不高，消耗增加，化瓜率提高。④授粉。由于授粉不良或根本就没授粉，子房内不能生成植物生长素，导致胚和胚乳不能正常生长，加之营养生长与其竞争养分，当养分向雌花供应不足的时候，子房的植物生长素含量减少，不能结实而化瓜。⑤氨气。保护地里，氨气的主要来源于有机肥料的分解和高温下氨态氮肥的气化等。在一般情况下，氨气可以被土壤水分所吸收，并被作物吸收利用，但高温使氨气逸散到空气中，当含量达到 8ml/m³ 时，可使西葫芦受到一定的危害；当含量达 50ml/m³ 时，西葫芦就会化瓜，甚至死亡。

（3）防治方法　应采取以下 7 个方面的措施。①调节温度。白天保持在 25～30℃，超过 30℃，应适当放风。夜间保持在 15～20℃，温度过低，可通过安装电炉子、生炭火等无烟增温措施加温。②补充光照。在保持棚内温度的情况下要早拉晚放草苫，假如遇到连续阴天或阴雨连绵，可用生物补光灯、张挂反光膜的方法加强光照。③确定适宜密度。每亩控制在 2000～2500 株，采用大小行距种植时，大行距 80cm，小行距 60cm，株距 40cm。④合理施肥。科学施肥对控制化瓜的发生很重要。在生产上要增施充分腐熟的有机肥，防止氮肥施用过量或磷肥、钾肥不足，通常氮肥施用过量很容易造成植株徒长，坐果不齐，增加化瓜。随着植株的不断生长，应逐渐增加氮肥施用量，到开花结果盛期应平衡施肥。施用氮肥时要注意深施。阴天叶面喷施 1％磷酸二氢钾＋1％葡萄糖＋1％尿素溶液，以补充营养。⑤及时地通风换气。适当放风，不但可保持温室棚内适宜的温度、湿度，而且能调节二氧化碳、二氧化硫和氨气的浓度，控制西葫芦的徒长，防止病虫害的发生，减少化瓜的形成。⑥减少氨气来源。施用充分腐熟的圈肥、有机肥；施用氮肥时要深施少撒施，尤其是碳铵一定要埋施。⑦激素处理。在西葫芦开花后 2～3 天，用 100mg/kg 赤霉素喷洒，均能使小瓜长得快，不易化瓜。

186. 如何防治西葫芦尖嘴瓜

（1）症状　瓜条未长成商品瓜，瓜的顶端膨大受到限制，形成后部粗而顶部较细的尖嘴瓜。

（2）发生原因　瓜条膨大时肥水供应不足，或根系受伤，不能正常吸收养分、水分；土壤盐分过高、湿度过大，抑制了根系的吸收能力；茎叶密度过大通风透光不良；植株生长后期衰弱，或感染病害，造成西葫芦花不能正常受精，易形成尖嘴瓜。

（3）防治方法　加强水肥管理，多施有机肥料提高土壤的供水、供肥能力，防止植株早衰。做好病虫害防治工作，防止植株遭受病虫危害。改大水漫灌为小水勤浇。加强温度管理，避免温度过高或过低。

187. 如何防治西葫芦大肚瓜

（1）症状　果实基部生长正常，中部或顶部异常膨大。

（2）发生原因　西葫芦雌花未能充分受精，只在瓜的先端形成种子，从而吸收较多的营养物质到先端，导致先端果肉组织特别肥大，最终形成大肚瓜。供水不均，生长前期缺水，而后期大量供水，极易产生大肚瓜。植株缺钾而氮肥又供应过量，也易产生大肚瓜。

（3）防治方法　人工辅助授粉时，操作要精细周到，使西葫芦雌花充分受精。保证均衡供水，保持土壤湿润。增施硝酸钾、草木灰等速效钾肥，或叶面喷施 0.3% 的磷酸二氢钾溶液，提高植株的含钾水平。

188. 如何防治西葫芦蜂腰瓜

（1）症状　果实的一处或多处出现状如蜂腰似的形状，将蜂腰瓜剖开，常会发现变细部分果肉已龟裂而成空洞。

（2）发生原因　西葫芦雌花授粉不完全，或授粉后，营养物质供应不足，干物质积累少，易形成蜂腰瓜。高温干燥，低温多湿，植株长势弱会助长蜂腰瓜的产生。硼素的吸收不足，引起细胞分裂异常，子房发育过程中产生蜂腰现象。有研究发现缺钾也易出现蜂腰瓜。

（3）防治方法　加强植株营养管理，特别是坐果期要做好温度、湿度、光照、水肥等管理工作，保证植株有充足的养分积累。增施腐熟农家肥和硼、钾肥，保持各种元素营养平衡。及时采收商品瓜，保持植株生长旺盛。

189. 如何防治西葫芦棱角瓜

（1）症状　从外表上看，果面有纵向棱沟不圆滑，除有棱部分外，其他部分凹陷。剖开后可见果实中空，果肉龟裂。

（2）发生原因　浇水量过大，遇到灾害性天气时根系受损，吸收水分、养分的能力降低，造成棱角瓜的发生。结果期和生长后期肥水供给不足，碳水化合物积累少，植株供给果实发育的养分不足。

（3）防治方法　结果盛期，及时追足肥、浇足水满足西葫芦生长的需要，防止植株早衰。低温季节浇水量不宜过大，浇水应在晴天上午进行。

190. 如何防治西葫芦弯曲瓜

（1）症状　西葫芦瓜弯曲。

（2）发生原因　西葫芦不像黄瓜、番茄等采取蘸花的形式促进果实发育，而是采取在瓜体两侧对称涂抹生长调节剂的形式。但很多种植户在用生长调节剂涂抹西葫芦瓜体两侧时没有注意对称抹瓜，或是在抹瓜时两侧涂抹长度、宽度不同，造成生长调节剂涂抹不均，导致西葫芦瓜体一侧生长快，而另一侧生长相对较慢，以致出现弯瓜。

（3）防治方法　在为西葫芦抹瓜时应注意对称抹，还应注意瓜体两侧涂抹的长度及宽度要一致，不可一侧涂抹过多，而另一侧涂抹较少。如果涂抹不均，应及时采取补救措施，在瓜弯曲一侧再轻抹一道。

191. 为什么连续阴雪天骤晴揭开草苫后易造成苗的死亡，预防措施是什么

（1）症状　在冬春茬西葫芦日光温室栽培中，常常会遇到连阴天，连阴和雪后骤晴，突然揭开草苫会出现植株急剧萎蔫、死亡现象，生产上称"闪苗"。

（2）发生原因　连阴和雨雪天数日，地温降至适宜西葫芦根系生长的温度以下，使根系受到伤害，如土壤湿度过大，还会出现沤根。阴雪天过后骤晴，揭苫后棚内温度急升，植株的蒸腾作用急剧加快，而低温高湿下叶片上长期开放的气孔来不及关闭加大了植株的失水，同时低温下根系损伤后功能恢复慢，无法及时地补充地上叶片蒸腾失去的水分，引起植株体内的水分失去平衡而萎蔫，抢救不及时会造成永久性萎蔫。低温下植株体的代谢机能被打破，来不

及及时调整而使植株失去正常活力。连续多天的低温寡照使西葫芦植株长时间处于饥饿状态，植株体内养分消耗过度，无法适应外部所提供的生命活动的环境而导致死亡。

（3）防治方法　根据以上原因和生产实践，遇到连续雨雪天后骤晴，应采取以下预防措施：连续的阴雪（雨）天，尽管外界的气温低、光照弱。但室外散射光的光强比温室内强得多，因此只要外界不是下着大雪（雨），外界的气温不会造成揭苦后棚内急剧下降，就应该每天揭草苦见光，哪怕中午见一会儿光也行。现在有一种新的理论正被大家所接受，即直射光能增加温度，散射光也能提高产量。如果利用反光膜效果更快。连续的雨雪天过后，早晨揭苦应比正常揭苦时间提早，使西葫芦植株在较低的温度下多见一些光，便于植株在强光条件下进行适应性调整，也可立即在植株上喷 30℃左右的温水，也可于连阴天期间向植株喷 1% 的葡萄糖水。当太阳出来后，叶片如出现轻度萎蔫，此时就应放下一部分草苦遮光，可隔一放一（拉"花帘"），待萎蔫恢复后，再度卷起草苦，等萎蔫再度出现，可再将草苦放下，必要时可再度喷 30℃左右的温水。这样反复几次，一般的萎蔫即可消失。当下午阳光弱时，揭苦不再萎蔫时，停止进行局部遮光。天黑时可及早放下草苦保温，并加强夜间保温，如通过天气预报得知连续晴天时，可采取膜下暗浇补一水，也可减轻萎蔫。

192. 日光温室冬春茬西葫芦怎样预防低温冷害

（1）症状　受害植株表现为叶脉间叶肉隆起、叶肉变黑绿色等。严重时会发生沤根、死秧。

（2）发生原因　①扣棚前。冬春茬当外界气温低于 15℃时就及时扣膜。各地区扣膜的时间不相同，寿光地区一般在 10 月上旬，如果思想麻痹，加上薄膜未能及时到位，偶尔气温低于 8℃ 就易造成西葫芦植株的冷害。②扣草苦不及时。扣膜之后外界气温仍是逐渐变低，按操作日程，当外界气温降到 5℃ 以前就应及时上草苦，如这时草苦准备不及时，突然降温，就会造成冷害。③连阴天。日光温室冬春茬西葫芦的冷害多发生在深冬季节，当遇到 5～7 天连续阴雨，由于缺少太阳直射光，而使温室中的储存热量散失后，使室温和地温降至西葫芦适宜生长的温度之下而造成冷害。这时的冷害不仅危及叶片，而且伤及根系。④初春冷害。多发生在 3 月上中旬，3 月份温度回升快，但这时往往伴有倒春寒。由于温度回升快，有一些菜农往往过早地撤除覆盖物，而当遇到倒春寒时又措手不及，致使西葫芦受到冷害。但若冷寒流伴有连阴天也会造成沤根、死秧的重大损失。

（3）防治方法　到了扣棚的季节，即便气温没有下降，也应及时扣棚。初冬时节冷害：除了扣膜及时之外，上草苫也必须及时。以寿光市为例，一般要求 10 月 25 日草苫到位，11 月初正式上棚顶，棚外最低气温低于 5℃，一定要及时放下草苫。深冬冷害的预防：有条件的温室内张挂反光幕，加扣二道幕。如启用临时加温设施，切记夜温应保持在 10～15℃ 之间，以防呼吸消耗过大。发生在 3 月份的冷害往往是过早地拆除草苫所致，以当地的气象预报加上气象学常识做参考，外界最低气温不稳定在 10℃ 以上，草苫绝不能过早地拆除。

193. 如何识别与防治西葫芦杀菌剂药害

见书前彩图 6-6。

（1）症状　叶片上出现明显的斑点或较大的枯斑，不同药剂所造成的药害症状差异较大。

（2）发病原因　高温时用药，药液中的水分迅速蒸发，药液浓度迅速提高，容易造成药害。

用药浓度过大，或喷洒药液过多。蔬菜苗期耐药性差，而所用药液浓度过高也会造成药害。

（3）防治方法　①科学用药。严格按规定的浓度用药量配药。各种农药各有优缺点，两种以上农药混合恰当，可扬长避短，起到增效和兼治的作用，如果混合不当则降低药效，破坏药剂，产生药害。混用药品一般不超过 3 种。最好用河水配药，用硬水配制的乳

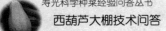

剂或可湿性粉剂，容易引起药害，若土壤长期干燥，施药后易引起药害。温室内雾气、水滴有利于药剂溶解和渗入，易引起药害。喷药时要细致、周到，雾滴要细小，避免局部药量过多。适时用药，一般应避开花期、苗期等耐药力弱的时期喷药，同时避免在中午强光高温下用药，此时作物耐药力弱，易发生药害。②补救措施到位。幼苗药害轻时，应及时中耕松土，施入适量氮肥，及时灌水，促进恢复生长。叶片、植株药害较重时，要及时灌水，增施磷钾肥，中耕松土，促进根系发育，增强恢复能力，还可喷施各种叶面肥。如喷错了农药，要立即喷洒清水淋洗。

194. 如何识别与防治西葫芦辛硫磷药害

（1）症状　西葫芦叶片的小叶脉不均一地失绿、变白，进而大部分或所有叶脉变白，形成白色网状脉，严重时整个叶片布满白斑。植株生长受到抑制，顶部幼叶扩展受阻，形成小叶，且叶片边缘退绿、白化。有时，较小的、受害较轻的叶片皱缩畸形。卷须变白、缢缩。

（2）发生原因　施用辛硫磷浓度过大，两次喷药间隔时间过短。按我国农药毒性分级标准，辛硫磷属低毒性化学杀虫剂，杀虫谱广，具有触杀或胃毒杀作用，击倒力强，防治黄条跳甲有特效，尤其作土壤处理，可以杀死地下部分幼虫，大量降低黄条跳甲的虫口密度。但西葫芦对辛硫磷很敏感，容易产生药害。

（3）防治方法　西葫芦提倡施用替代物甲基辛硫磷，甲基辛硫磷是辛硫磷的同系物，纯品为白色结晶体，对光、热均不稳定，不溶于水。按照我国农药毒性分级标准，甲基辛硫磷属低毒杀虫剂，与辛硫磷具有相似的作用特点和防治对象，对害虫具有胃毒杀和触杀作用而无内吸性能，对多种害虫（包括地下害虫）有良好的防治效果，甲基辛硫磷对人、畜的毒性比辛硫磷低 $4/5 \sim 5/6$，使用更加安全。甲基辛硫磷的制剂为 40% 乳油，防治蚜虫、蓟马等，用 $1000 \sim 1500$ 倍液喷雾，防治小菜蛾、甜菜夜蛾，用 800 倍液喷雾。

195. 如何识别与防治西葫芦 2,4-D 药害

见书前彩图 6-7。

（1）症状　蘸花后 2～3 天，嫩叶叶缘上卷，叶片扭曲畸形，失去光泽；叶肉退化，叶脉突出，僵硬，严重的呈鸡爪状；生长点僵硬，萎缩，造成生长点的消失。幼果黑绿而短粗，雌花不能正常开放，多呈半开放状态。瓜柄明显增粗，有的超过幼果基部。受害瓜多为后部粗而先端细的尖嘴瓜，失去商品价值。受害株茎节短缩，着生叶柄处常呈乳白色，受害严重的出现乳白色瘤状物，纵裂。受害株中下部叶片为深绿色，严重的则失去光泽，呈老化状态。2,4-D 中毒对日光温室西葫芦生产的影响取决于单株受害的程度及受害株的多少。

（2）发生原因　①配制的 2,4-D 溶液浓度偏高或蘸花时用药液量大。②把药液滴在叶片或生长点上。用大口容器盛药液，用后不加盖，水分蒸发导致浓度偏高。③使用了某种以 2,4-D 为主要成分配成的不合格的促坐果类药品。

（3）防治方法　①2,4-D 是人工合成的生长调节剂，是一种植物激素类似物。为生产无公害蔬菜、防止药害的发生，在西葫芦等瓜果蔬菜上，最好不用 2,4-D 蘸花。可剥取西葫芦雄蕊套花，或采集花粉进行人工授粉；冬季保护地栽培，也可选用对环境、人畜高度安全的植物内源激素（如芸薹素内酯等）进行蘸花，并结合人工授粉，以提高坐瓜率。②若使用 2,4-D 药液时，蘸花浓度不超过 30mg/kg；喷花浓度不超过 25mg/kg。为防止重复蘸花或喷花，需在药液中加入少量红色广告色作为标记。③忌将药液洒落或沾到嫩叶或生长点上，并防止人为误喷误用 2,4-D 药液。④中毒症状出现后，可用白糖水 400 倍液加尿素 500 倍液混合液，每隔 4～5 天喷 1 次，连喷 2～3 次，能缓解中毒症状。也可喷施稀土微肥 2000 倍液加赤霉素 3000 倍液。⑤日光温室西葫芦的 2,4-D 中毒缓解的快慢与温度和水分有关，冬季在正常管理条件下 40 多天才可缓解，在春季高温条件下，20～30 天症状可缓解，如能适当提高温度，

并增加水分供应，可缩短缓解的时间，减少损失。对发生药害的植株要及时摘除畸形瓜。对 2,4-D 中毒严重的温室，要果断拔秧换茬。

196. 西葫芦多效唑药害的表现与解救方法

（1）症状　西葫芦生长缓慢，叶片没半个乒乓球拍大，并且叶片黑绿、节间特别短，无花、无果或花打顶。植株根系特别粗壮，地下部与地上部明显失衡。

（2）发生原因　由多效唑过量引起。

（3）防治方法　作好以下 3 步。①解药害。可以喷用云大 120 全树果 1500 倍液或 4% 的赤霉素乳油 4000 倍液加芸薹素内酯 600 倍液叶面喷雾，缓解多效唑药害，提头开叶。7～10 天后看植株的恢复情况再进行用药。若生长仍然缓慢，再用上述药剂喷洒 1 次；若长势基本恢复可单用芸薹素内酯进行喷洒。②及时浇水，稀释根系周围多效唑的浓度。③提高夜温，促棵发育。结合浇水，适当提高棚内夜温，使光合产物集中供应植株生长点，促进植株快速生长。

三唑类农药中，有些能抑制蔬菜生长，使用要慎重，尤其是残效期较长的种类。多效唑对多种蔬菜、树木有抑制生长作用，在土壤中分解缓慢，半衰期为一年。所以，使用时要特别注意。多效唑使用后会在土壤中不断积累，最终可能引起药害。取育苗土时要避开使用过多效唑的地块。

197. 西葫芦乙烯利药害的表现与解救方法

乙烯利能刺激雌花形成。西葫芦等在苗期（2～6 片真叶）喷施乙烯利可以提高产量，但使用不当会产生药害，造成减产甚至绝产，生产上经常遇到乙烯利在西葫芦上使用造成药害的事例。

（1）症状　西葫芦一直不能形成主茎，在两片子叶中间长出 3～5 个细弱的小芽，生长迟缓。

（2）防治方法　每株西葫芦只保留一个较壮的芽，其余全部去掉，用 0.01%天丰素（油菜素内酯）15000 倍液，植健宝（主要成分为菌根）1500 倍液混合液喷雾，7 天 1 次，连喷 3 次。经过处理的西葫芦苗生长明显加快，叶片逐渐变绿，叶片大而厚，主茎粗壮，20 天左右开始开花、结果，幼瓜生长快，瓜条直，产量较高。

天丰素能调节植物内源激素平衡，提高植物抗逆性，起到增产作用，可减轻作物因除草剂、杀虫剂、杀菌剂、调节剂等使用不当造成的药害。

乙烯利在西葫芦上使用不宜过早，浓度不能过大，在 3～6 片真叶时使用，浓度以 400～600mg/kg 为宜。

198. 如何防治西葫芦氨气中毒

（1）症状　花、幼叶、幼果等幼嫩组织先发生褐变，后变为白色，严重时萎蔫死亡。

（2）发生原因　棚室内的氨气，主要来自未经腐熟的鸡粪、猪粪、马粪和饼肥等有机肥料，肥料在高温下发酵时，产生出大量氨气，越积越多；其次是大量施用碳酸氢铵和撒施尿素产生的氨气。棚内的氨气浓度达到 5～10ml/m³ 时，作物就会中毒。

生产中氨气中毒易与高温热害相混，区别的方法是，用 pH 试纸，检测棚内的酸碱度。即在早上日出放风前，用试纸浸蘸棚内膜上的水滴，如呈蓝色的碱性反应，即是氨气中毒；如呈中性或红色的酸性反应，则是高温热害。

（3）防治方法　①施用腐熟人畜粪尿，不施未腐熟的生肥。②不施或少施碳酸氢铵；尿素用沟施或穴施，施后盖土埋严，不用撒施。③在保证正常温度的情况下，开窗或卷起膜脚，进行通风换气，以排除过多氨气。④可在植株叶片背面喷施 1%食用醋，可以减轻和缓解危害。

199. 如何防治西葫芦亚硝酸气体中毒

（1）症状　亚硝酸气体通过叶片气孔侵入叶肉组织，使叶绿体结构破坏、退色，出现灰白斑，如浓度过高，叶脉也变成白色；严重时导致植株死亡。

（2）发生原因　日光温室内的亚硝酸气体主要来自施氮过多的氮素化肥。土壤中，特别是沙土和沙壤土，如连续施入大量氮肥，土壤中的铵向亚硝酸转化虽能正常进行，但亚硝酸向硝酸转化则会受阻，于是就使土壤中积累起大量的亚硝酸，当温度升高时就变成气体散发在棚内，浓度超过 $2\sim3ml/m^3$ 时，植物就会中毒。中毒多发生在施肥后的一个月。检测方法，也是用 pH 试纸浸蘸棚内膜上水滴，若呈红色的酸性反应，就是亚硝酸积累过多引起的中毒。

（3）防治方法　合理施肥，尤其是施氮肥时要"量少次多"，分次适量施入，并用沟施或穴施，施后与土壤拌匀和用土盖严，切忌重施多施和撒施，同时做好通风换气。如棚内亚硝酸气体过浓或土壤偏酸时，在土壤中增施石灰，把 pH 调节至 $6.5\sim7.0$ 的范围内，可有效地防止亚硝酸气害。

200. 西葫芦裂果是怎么回事

（1）症状　普通西葫芦、金皮西葫芦裂果常有发生，幼瓜成瓜均有发生。常见裂瓜有纵向、横向或斜向开裂 3 种，裂口深浅、开裂宽窄不一，严重的可深至瓜瓤，露出种子。裂口伤面逐渐木栓化，轻者仅裂开一条小缝，接近成熟的瓜多出现较严重或严重开裂。

（2）发生原因　①西葫芦生长中遇有长期干旱或怕发生灰霉病控水过度，一次性浇水过量，致果肉细胞吸水膨大，而果皮因细胞趋于老化，造成不能同步膨大，就会出现裂瓜。此后果实继续生长，裂口也会逐渐加大或加深。②幼果在生长发育过程中遇有机械伤害产生伤口时，常在伤口处产生裂果。③西葫芦缺硼时，果实易发生纵裂。此外开花时花器供钙不足，也可造成幼果开裂。

（3）防治方法　①选择土质肥沃、保水性能好的地块种植西葫芦。②施足腐熟有机肥，采用配方施肥技术，注意氮磷钾配合比例，注意钾肥、钙肥和硼肥的施用。③保持土壤湿润，避免长期干旱，浇水量适中，不要大水漫灌。

参 考 文 献

[1] 迟淑娟，杨春玲，孙克威等. 西葫芦冬瓜苦瓜四季生产技术问答. 北京：中国农业出版社，1998.

[2] 范立国，胡永军，张璇. 大棚西葫芦高效栽培技术. 济南：山东科学技术出版社，2009.

[3] 尚德宏，郭树桐. 塑料大棚高产早熟种菜技术. 北京：金盾出版社，1989.

[4] 司力珊. 南瓜西葫芦生产关键技术百问百答. 北京：中国农业出版社，2005.

[5] 王连根，袁东征，周广金等. 金皮西葫芦温室高效栽培技术总结. 西北园艺，2006 (9)：14-15.

[6] 丁拓，张新社，陈继选. 益果灵在保护地西葫芦生产中的应用. 西北园艺，2006 (1)：43.

[7] 郑东峰，王学君，徐长英等. 日光温室蔬菜覆膜敞穴施肥方法与效果初步研究. 山东农业科学，2007 (5)：70～71.

[8] 胡永军，丁光国，孙志刚等. 保护地西葫芦种植难题破解100法. 北京：金盾出版社，2007.